Didier Daeninckx

Éthique en toc

Une enquête
de Gabriel Lecouvreur,
dit le Poulpe

Gallimard

Didier Daeninckx est né en 1949 à Saint-Denis. De 1966 à 1982, il travaille comme imprimeur, puis comme animateur culturel avant de devenir journaliste dans plusieurs publications municipales et départementales. En 1983, il publie *Meurtres pour mémoire*, première enquête de l'inspecteur Cadin. De nombreux livres suivent, parmi lesquels *La mort n'oublie personne, Lumière noire, Mort au premier tour, Métropolice, Zapping* ou *Cannibale*. Écrivain engagé, Didier Daeninckx est l'auteur de plus d'une quarantaine de romans et recueils de nouvelles.

À Karim Babet et aux amis de la Lettre

J'ai toujours regardé cette ville comme celle de l'Europe où règne la plus affreuse corruption.

JEAN-JACQUES ROUSSEAU
Les Confessions, livre quatrième

Chapitre 1

36 platanes

Il traversa l'étroit pont métallique, la main sur le garde-fou, insensible pour la première fois de sa vie au bouillonnement du fleuve sous les poutrelles ajourées, au vent en rafales, aux claques humides des voitures qui prenaient leur élan pour gravir la colline. Il n'eut même pas un regard pour l'île, en contrebas, où les garçons du restaurant devaient rentrer précipitamment les tables, les chaises, bousculées par l'orage. Un ciel d'encre déserté par les oiseaux pesait sur la ville, et seules volaient les feuilles arrachées aux marronniers, aux ormes. Il marchait, sourd aux roulements du tonnerre, au fracas de la foudre, aveugle aux éblouissements des éclairs, les épaules rentrées, la tête baissée, comme hypnotisé par le martèlement de ses pas sur le trottoir suspendu. Sa main gauche était crispée sur la tranche d'un livre que protégeait le large revers de la poche, les doigts de la main droite ne cessaient d'entortiller quelques longueurs enroulées d'une cordelette de rappel qu'une heure plus tôt, il avait prélevée sur la tringle des doubles rideaux de sa chambre d'hôtel. Un klaxon, étiré par la vitesse, miaula quand il franchit la nationale assise sur la berge, puis il se mit à escalader la pente, longeant de l'épaule l'interminable mur de pierre qui fortifiait ce versant de la colline. La pluie redoublait. Les rigoles gonflaient sur le raidillon, noyant ses chaussures d'été, plaquant le bas de son pantalon sur ses chevilles. Une camionnette s'arrêta près de lui à mi-chemin, mais il déclina l'invitation d'un regard chaviré, presque fou. Le souffle haché par l'effort, il aborda la large courbe qui venait mourir sur la place triangulaire. La lumière oblique des candélabres jaunissait le tracé blanc des couloirs de stationnement, et il se surprit à compter, par habitude, les platanes alignés sur le polygone. Trente-six. La ramure faisait comme un abri imprécis, mouvant, sous l'orage. Il s'approcha du portail d'une villa abandonnée qui occupait la presque totalité d'un des angles du belvédère. La serrure résista sous sa pression. Il se plaqua au mur quand une baie vitrée de la résidence proche glissa devant une femme en déshabillé qui tirait ses volets sur le déluge. Plus haut, près de la boulangerie, une voiture jaune entra dans une impasse. L'armoire d'un relais électrique lui servit de marchepied pour se hisser sur le muret et sauter dans le jardin envahi par les mauvaises herbes, les roses tré-mières. Des pierres lancées par des gamins avaient brisé plusieurs carreaux aux fenêtres du rez-de-chaussée. Accroupi sur le rebord de la croisée située juste à gauche de la porte d'entrée, il dégagea les éclats de verre fichés dans le montant pour passer le bras et basculer la crémone. Il s'introduisit dans la salle d'attente et se dirigea tout d'abord vers l'ancien laboratoire de radio-logie puis vers le cabinet du docteur, afin de vérifier qu'aucun vagabond en maraude n'avait pris possession des lieux avant lui. Rien n'avait changé depuis qu'il était venu travailler là, un après-midi de l'année précédente, à propos d'une réunion vieille de plus d'un demi-siècle dont ces murs restaient les derniers témoins. Il inspecta rapidement les étages et, certain d'être seul, des-cendit les escaliers en traînant une petite table de chevet qu'il installa au centre de la pre-mière pièce, sous l'esse où un lustre, autrefois, se suspendait. La pluie avait trempé sa veste, sa chemise, ramolli le cartonnage du paquet de cigarettes. Il ne sauva du naufrage qu'une gitane dont le mégot s'éteignit dans les cendres de la cheminée tandis qu'il grimpait sur le meuble. Il déroula la cordelette en nylon tressé, et se haussa sur la pointe des pieds pour la nouer autour du crochet. Il éprouva la solidité de l'attache en tirant dessus de toutes ses forces, puis il laça un nœud coulant à hauteur de sa poitrine, passa la

corde autour de son cou et, les yeux clos, fit
basculer la table de chevet sous ses pieds.

Chapitre 2

Un Lecouvreur peut en cacher un autre

*« Lecouvreur était encore un bleu dans le métier
de bistrot. Il ne savait pas se débarrasser des raseurs
qui le tapaient d'une tournée, ni des ivrognes qui
s'attardaient sur le zinc. Chaque soir, avant la
fermeture, venait s'échouer chez lui un poivrot,
cocher ou débardeur. »*

Gérard, le patron du Pied de Porc, débita sa
tirade d'un trait, et croisa les bras sur son torse
en toisant Gabriel Lecouvreur qui venait de
s'installer sur l'un des tabourets surélevés du
bar.

— Alors, le Poulpe, on nous fait des cachot-
teries ? On est héros de roman et on n'en fait pas
profiter les amis ! En plus, l'air de rien, non
content de me piquer mon boulot, tu me fais
passer pour un con... Je n'ai même pas le cœur
à lire les passages où je ne suis qu'un pochtron
qui s'arsouille jusqu'à point d'heure avec les
clients... C'est un de tes potes qui a écrit cette
saloperie ?

Gabriel fit glisser vers lui le double express
que Vlad avait posé sur le comptoir et préleva un
croissant dans la corbeille.

— Il y a au moins une bonne nouvelle ce matin : tu as appris à lire… J'espère qu'on t'a bien montré toutes les lettres de l'alphabet pour que tu puisses aller jusqu'au bout. Tu as le bouquin ?

Gérard leva les yeux au ciel. Il farfouilla sur l'étagère des annuaires, des carnets de commande, et lui tendit un livre publié en collection Folio.

— Si tu crois que j'ai du temps à perdre ! C'est un des postiers qui me l'a passé. Il a souligné les passages qui nous concernaient.

Le Poulpe feuilleta le mince volume et l'ouvrit en grand sur le dernier chapitre. Son visage s'illumina. Il s'humecta les lèvres.

— Ils ont oublié le morceau de bravoure… Tiens, écoute ça. Il prédit ton avenir, et te fout en faillite… « *Le Pied de Porc à la Sainte-Scolasse fut livré à un entrepreneur de démolitions. Des ouvriers arrachèrent les fils électriques, les tuyaux de plomb, enlevèrent les portes, les fenêtres, démantibulèrent la maison pièce à pièce, comme une machine, et entassèrent le matériel dans la cour de Latouche* »…

— Il a écrit ça ? Tu le connais, ce Dabit ?

Il fit le tour du zinc pour se pencher sur l'épaule de Gabriel.

— C'est marqué où, Le Pied de Porc ? C'est une appellation déposée à l'Institut national de la Propriété industrielle. Si c'est dedans en toutes lettres, il est bon comme la romaine. Propagation de fausses nouvelles, outrage au petit commerce ! Je l'attaque en diffamation...

Gabriel avala une longue gorgée de café noir.

— C'est rassurant de constater que les mots produisent encore de l'effet, un peu moins d'apprendre qu'on peut les « déposer » comme de vulgaires dictateurs, ou des ordures, ce qui est du même ordre... Mais à mon avis, tu peux te calmer... Eugène Dabit ne parle que de l'Hôtel du Nord, jamais de ton rade. En plus, pour la diffamation, je crains que ce soit légèrement hors délais : on dispose de trois mois après publication pour porter plainte, et le bouquin est sorti des presses de Denoël et Steel il y a exactement soixante-dix ans, en 1929, quand les milliardaires ruinés pleuvaient comme vache qui pisse dans le ciel de Wall Street...

Il dépiauta un sucre qu'il tendit à Léon. Le vieux chien n'avait même plus la force de croquer, et il attendit que le morceau fonde sur sa langue pour l'aspirer bruyamment. Le Poulpe lança son bras derrière la caisse enregistreuse et attrapa le journal. Comme à son habitude, Gérard ne put s'empêcher de lui faire une lecture commentée du titre qui barrait la première page du *Parisien*.

— Tu me diras tout ce que tu voudras, et je pourrais avoir les meilleurs experts militaires du monde en face de moi, les politologues les mieux affûtés, je n'en démordrais pas : mon opinion, c'est que si ce type en fout partout, à la base, c'est sexuel…

Gabriel relut l'accroche en caractères gras : « *Violents bombardements sur Belgrade et Bagdad* ».

— Je n'ai pas tout suivi… Tu parles de qui, de quoi ?

Le patron du Pied de Porc leva les yeux au ciel.

— Du gros Bill, de Clinton ! Quoi qu'on en dise, ce type-là est un pacifiste dans l'âme… La preuve, il s'est débrouillé pour échapper à la guerre du Viêt-Nam. En plus, il joue du saxo, pas du tambour ni du clairon… Il a bien fallu qu'il se passe quelque chose d'énorme dans sa vie pour le transformer en docteur Folamour, tu ne crois pas ?

Le Poulpe songea aux agneaux d'août 1914, ruminant sur les deux rives du Rhin et qui, bien avant l'automne, s'étaient par millions métamorphosés en hyènes assoiffées de sang. Ça faisait longtemps que le bétail s'était familiarisé avec la viande rouge débitée à même les tranchées. Le spongiforme avait provoqué des courants d'air sous le crâne des humains bien avant de s'attaquer aux bovins. Il avait encore en mémoire les cris récents de ces protecteurs de tourterelles bèglaises, d'ours pyrénéens, de camembert au lait cru, qui à la première occasion formaient leurs bataillons. Marchons, marchons, kinsankimpur… D'un mouvement du menton, il encouragea Gérard à développer sa théorie.

— C'est pourtant simple… Ce type-là est une bête de sexe, il tire sur tout ce qui bouge. Tout petit déjà, à ce qu'il paraît. Mais ça ne portait pas à conséquence jusqu'à ce qu'il touche le jackpot : les clefs de la Maison-Blanche. En moins de deux, il transforme le bureau ovale en bureau ovule… Paula, Jessica, Monica, pas besoin de te faire un dessin… La first lady, c'était marqué dans *Voici*, décide de faire chambre à part. La presse, la planète entière, surveillent le gros Bill et braquent les jumelles, les caméras, dès qu'une gamine passe à moins d'un kilomètre. Au finale, le maître du monde se retrouve seul dans son lit depuis près de deux ans, le cigare derrière l'oreille, boycotté par sa femme et interdit d'aventures… C'est ça qui le rend dingue. Résultat, il se vide sur l'Europe et le Moyen-Orient…

Le Poulpe eut le tort d'approuver mollement.

— C'est freudien, mais c'est pas con…

— Heureux de te l'entendre dire… Si on regarde les choses en face…

Gabriel rentra la tête dans les épaules. La formule annonçait que le pire était encore à venir. Il ne fut pas déçu.

— Je prends un exemple au hasard : moi, si j'ai dans l'idée de faire une petite infidélité discrète à Maria, personne ne trouvera à y redire. Par contre, si je flingue un client, je suis bon pour les Assises. Le gros Bill, c'est exactement le contraire : il folâtre avec une stagiaire et Kenneth Starr, le procureur diabolique, fait reluire la chaise électrique médiatique. Il largue un million de tonnes de bombes à la seconde, et tout le monde lui crie « bis Bill » ! C'est plus les miss qui le font jouir, mais les missiles. Tu veux que je te dise, à tout prendre, je préfère ma place à la sienne.

Vlad avait besoin d'un coup de main en cuisine, et son appel au secours libéra Gabriel du stratège sauvage. Une brève intitulée « *Plombages* » attira son attention, à la page des faits divers :

« Inquiet des émissions de mercure produites par les plombages des défunts incinérés, l'Office cantonal de la protection de l'environnement de Saint-Gall (Suisse) suggère aux familles de choisir de préférence le crématoire de Zurich équipé d'un système efficace de filtrage et de lavage des fumées. »

Il s'apprêtait à refermer le quotidien quand un nom imprimé en bas de page accrocha son regard. Un nom qui le ramenait vingt ans en arrière. Il relut plusieurs fois le petit article qui était consacré à Pierre Floric, puis ferma les yeux sur des étendues neigeuses battues par le vent, des arbres aux branches gainées de glace, des barbelés, des miradors. Il fut surpris de retrouver les odeurs de soupe claire, de cachots humides, de feux de brindilles volés au règlement, les ordres brefs qui claquaient dans le matin, les hurlements des chiens. La main de Gérard, sur son épaule, éloigna les fantômes.

— Tu as fait des folies de ton corps cette nuit… Tu n'as pas assez dormi ?

— Non, mais je devrais arrêter de lire le journal. Je deviens parano. J'ai l'impression que des armées de pisse-copie sont payées simplement pour me pourrir la vie, en effaçant, par leurs mots, tous ceux que j'ai pu croiser… Tiens, regarde…

Le patron du Pied de Porc pointa le nez vers les lignes sur lesquelles Gabriel tapotait de l'index. Il lut mentalement, tout en remuant les lèvres.

« *Deux marginaux ont été mis hors de cause par la police après avoir été arrêtés, près d'un cadavre, dans une villa abandonnée de la banlieue lyonnaise. Il semble bien qu'ils soient entrés pour se protéger du violent orage qui a sévi sur la région, et qu'ils aient tenté de sauver la victime, Pierre Floric, qui venait de mettre fin à ses jours. Historien, auteur de nombreux ouvrages sur la société industrielle et sur la décolonisation, Pierre Floric n'a laissé aucune lettre pour expliquer son geste.* »

— Tu le connaissais d'où, celui-là ? C'est un pote, au moins…

— Plus qu'un copain, c'était mon jumeau…

Gérard ne put réprimer un rire sonore qui fit sursauter Léon. Il se frappa le front, du bout des doigts.

— Tu joues à quoi, le Poulpe ? J'ai l'arbre généalogique des Lecouvreur imprimé dans le crâne, avec les dates, les épitaphes. Tu n'as ni frangine ni frangin, à moins que tu sois parent avec le Saint-Esprit, le Masque de Fer ou la créature de Roswell et Pradel réunis !

— Tu oublies Mazarine Pingeot... Je t'ai parlé d'un «jumeau», pas d'un «frère jumeau». Floric est né le même jour que moi, le 22 mars 1960, et on aurait pu fêter ensemble nos quarante piges, au printemps prochain... Déjà que ça me filait le bourdon, rien que de penser à l'alignement des bougies, et voilà maintenant, que pour lui, c'est des cierges qui coulent sur le gâteau...

Howladar, le fleuriste ambulant sri-lankais, entra et fit en silence le tour des tables pour garnir les vases miniatures d'une branche de jasmin blanc.

— Je ne voudrais pas dire, mais tu as le matin triste... Vous étiez à Tolbiac la même année, quand tu as passé ta licence d'histoire ?

— Il y a des moments où l'histoire, on la fabrique. On a partagé une piaule en forteresse pendant de longues vacances d'hiver, au cœur du Bade-Wurtemberg. On faisait équipe dans les Bataillons disciplinaires.

Génie méconnu de la préparation des abats, Gérard n'en était pas moins resté un esprit simple pour lequel les amitiés nouées lors du service militaire relevaient du sacré. C'est tout juste s'il ne se mit pas au garde-à-vous quand le Poulpe traversa la salle et poussa la porte pour aussitôt se fondre dans la foule du carrefour. La larme à l'œil, il s'approcha du bac à vaisselle, et comme le faisait le Lecouvreur de l'Hôtel du Nord, il remonta ses manches de chemise, secoua ses mains poissées d'une eau liquoreuse et regarda dans le zinc poli son visage dévié lui sourire à la renverse.

Chapitre 3

Premier combat

Dans le salon de Cheryl, trois rombières alignées s'égouttaient les bigoudis sous les vrombissants coquetiers renversés. Il se pencha à l'oreille de sa douce.

— J'ai une course à faire. Tu me prêtes ta Polo ?

Elle agita des clefs devant son nez.

— Une course où ? À Tombouctou, à Ouaga-dougou ?

D'un geste vif, il rafla le trousseau.

— Non, entre Marcq-en-Barœul et la porte d'Auteuil...

Elle le rattrapa alors qu'il était déjà sur le trottoir.

— C'est pas les clefs de la voiture... Elle est en révision, je l'aurai demain... Tu vas où, sérieusement ?

— Un aller-retour à Lyon, mais je n'avais pas le courage de prendre le train.

Depuis quelque temps, le Poulpe subissait de brusques accès de claustrophobie, l'impression, trop souvent, d'être pris pour une sardine. Dans ces moments, il lui devenait physiquement impossible de descendre dans le métro, de se glisser dans un ascenseur et c'est tout juste si, en cas d'élection, il aurait pu passer par l'isoloir. Il se dirigea vers la gare de Lyon qu'il aborda par la rue Chalon. Les habitants de l'ancien quartier chinois de Paris, tombé aux mains des dealers dans les années soixante-dix, étaient proprement rangés dans leurs nouveaux bâtiments normalisés. Mais il suffisait de franchir les portes automatiques de la gare souterraine pour que les rêves d'une humanité harmonieuse que trahissaient les façades alignées, butent sur des silhouettes recroquevillées, entourées de bouteilles, de chiens. La foule ordinaire, insensible, glissait sur ses rails mentaux à la recherche d'un des numéros de voies qu'égrenait une hôtesse d'aéroport. Il avait souvent le sentiment d'être le seul à être meurtri par le contraste violent que formaient les murs lisses et les visages ravagés par l'injustice. Il se souvenait alors d'un petit article du journal qui, pour lui, aurait dû barrer pendant des mois, des années, la première page de tous les quotidiens du monde et selon lequel la fortune de Bill Gates, l'empereur d'Internet, équivalait au produit intérieur brut du continent africain. Pour nombre des passagers de la terre, la seule manière de continuer à vivre dans un monde où un seul homme pesait autant que six cents millions de ses semblables, c'était de faire comme si l'information ne leur était pas parvenue.

Gabriel tenta d'obtenir un billet pour Lyon au moyen d'une des cartes bleues que lui avait bricolées Pedro. L'écran tactile afficha une suite d'onomatopées à faire pâlir de jalousie le capitaine Haddock, avant de recracher le rectangle plastifié en émettant d'obscènes borborygmes. Il se planta à l'arrière d'une file d'attente, et c'est là que le malaise le prit, en songeant aux portes pneumatiques des TGV qui venaient obturer de manière trop parfaite les hublots de contact avec le plancher immobile des vaches. Il respira profondément afin de dissiper le vertige, et s'accouda au rebord du guichet pour passer sa commande d'une voix blanche. La rame n'en ficha pas une, et mit près de quatre heures à rallier la capitale des Gaules. Les huit cents voyageurs durent patienter la moitié de ce temps, claquemurés dans le fuseau, en rase campagne, à cause d'un lecteur de *Capital* qui avait fait tomber son portable au centre de la lunette, au moment précis où il appuyait sur la chasse d'eau. Il s'était baissé, par réflexe, la main en avant sous le jet, pour tenter de saisir l'objet qui continuait à émettre. Le système d'évacuation des déchets par aspiration, un brevet français, s'était bloqué en lui emprisonnant l'avant-bras, et il avait fallu appeler un plombier du Creusot pour découper le siège des WC, à la base, puis scier dans le sens de la hauteur l'énorme bracelet en plastique blanc dont le bras du cadre était affublé ! L'artisan creusotin avait même réussi à sauver le téléphone...

Gabriel débarqua à La Part-Dieu en milieu d'après-midi et décida de rejoindre la presqu'île à pied. La dernière fois qu'il était venu à Lyon, quelques années plus tôt, il avait croisé Pierre Floric dans une salle de l'ancien palais de Justice. Il intervenait dans un colloque consacré à Caserio, un Italien qui avait tué Sadi Carnot à coups de poignard en 1894, un siècle plus tôt, le dimanche de Saint-Jean, alors que le président de la République venait honorer l'Exposition internationale de Lyon de sa présence, au parc de la Tête-d'Or. Floric n'avait pas évoqué directement l'assassinat, préférant brosser le portrait de Fochier, le bien nommé procureur général chargé de requérir la mort. Il avait rappelé que la région avait inauguré l'ère des « actes de propagande par le fait », douze ans auparavant, quand les ouvriers de Montceau-les-Mines s'étaient servis d'un de leurs outils de travail, le bâton de dynamite, comme d'un instrument de revendications sociales, et que pour marquer sa solidarité avec leur révolte, un anarchiste, Cyvoct, avait fait sauter un cabaret proche de la place Bellecour. L'historien avait insisté pour raccompagner le Poulpe jusqu'au train, mais il avait été incapable de franchir la plus insignifiante des passerelles jetées au-dessus des autoroutes, des voies rapides qui jalonnent le quartier. Une phobie des ponts dont il cherchait en vain l'origine, lui venait par bouffées. Ils avaient traversé la circulation au milieu des coups de klaxons, des invectives, risquant dix fois leur vie pour éviter la malédiction des cheminements aériens. Il se fit la réflexion que le seul homme au monde qui se serait satisfait des villes sans ponts de Serbie et du Kosovo n'était plus là pour en profiter. Lecouvreur fila droit sur le nouveau palais de Justice, longea la préfecture et traversa le Rhône par le pont Wilson.

Zill Dagona habitait une des dernières rues non liftées, entre Terreaux et Bellecour. Étroite et obscure, mal alignée, sans trottoir, tout en recoins, en basses échoppes, en impostes de fer, en allées humides, elle exhibait ses rides et résonnait encore de jurons piémontais, de refrains des Abruzzes. Il logeait au-dessus de l'épicerie Violla, véritable temple de la gastronomie italienne, et vivait en odorama permanent. Chaque pièce de son appartement exhalait des effluves différents en rapport avec le secteur de l'épicerie qu'elle surmontait, et si le subtil parfum des salaisons de montagne flottait dans la salle à manger, il suffisait de faire un tour dans la bibliothèque pour se rassasier de l'odeur des pâtes fraîches, d'ouvrir la porte d'une chambre pour humer les vapeurs de sauce au basilic. La clef, comme d'habitude, était fichée dans la serrure. Le Poulpe poussa le battant. Zill lui tournait le dos. Il était penché sur son clavier d'ordinateur, levait les mains très haut et tapait les touches de tous ses doigts en accompagnant le *Ni Dieu ni Maître* que Léo Ferré chantait dans les baffles. Zill s'appelait André, dans une vie antérieure. Fils d'ouvrier, pensionnaire de l'université des rues, il avait appris le métier d'ajusteur sur le tas, dans les ateliers des usines fondées par Marius Berliet. La guerre d'Algérie, alors, faisait rage et ses copains d'atelier revenaient comme Petitjean avec une guibole en moins, ou les neurones ravagés comme Germain le fils du contremaître. Au printemps de 1968, guérillero anagrammatique, il était monté sur les toits arrondis de la taule occupée pour replacer les lettres de BERLIET dans l'ordre qu'il rêvait pour la vie. Grâce à lui, des semaines durant, on avait lu *LIBERTÉ* au-dessus des chaînes silencieuses. Trente ans plus tard, c'est de cette adresse au monde qu'on se souvenait dans l'armée défaite des hommes en bleus, et lui ne s'était jamais tout à fait remis de son geste. Il s'était éloigné de ses camarades quand les divisions blindées du socialisme réel avaient essayé de libérer les femmes afghanes en larguant du napalm sur Kaboul, pour brûler les tchadors. Il s'était un temps occupé d'une librairie des quais dont le nom, Renaissance, était des plus trompeurs. Elle avait coulé. Le rideau de fer définitivement baissé, Zill était devenu patron de presse après un stage approfondi de programmation assistée par ordinateur. Son appartement aux mille senteurs transalpines abritait la rédaction, le standard, la maquette, les archives, et le bureau des réclamations du *Sapeur sans tablier*, l'hebdomadaire des informations malpolies lyonnaises. Quatre pages au format américain, bourrées d'échos ravageurs sur la vie politique locale, sur les magouilles en tout genre, les scandales mis sous le boisseau, sur les spectacles, les fêtes, les plans à ne manquer sous aucun prétexte. Un demi-millier de courageux payaient six cents francs par an pour recevoir le brûlot dont Zill estimait que chaque numéro était photocopié au moins dix fois. Gabriel l'avait rencontré lors du colloque sur Caserio. Abonné, il recevait le *Sapeur* chaque semaine et se souvenait mot pour mot d'une information qu'il avait lue dans la dernière livraison, et que toute la presse nationale avait passée sous silence :

« Détecteur de clandestins : Un appareil sensible aux battements du cœur humain vient d'être acheté par les autorités du port de Zeebrugge. Il doit permettre, selon son fabricant, de détecter les clandestins sans avoir à ouvrir les conteneurs. »

Gabriel toussa pour attirer l'attention du pianoteur. Zill fut debout d'un bond et le prit dans ses bras. Il improvisa sur Ferré, pour le saluer :

— Ce Poulpe blême qu'on dévoile
Comme un cadeau vers les étoiles...

Qu'est-ce qui me vaut l'honneur de ta visite ? Ne me dis pas qu'on assassine dans mon quartier et que je me suis fait doubler par un Parisien...

— Non, rassure-toi. Tu te souviens quand on s'est rencontrés pour la première fois ? C'était à la conférence d'un ami, il rappelait aux Lyonnais oublieux le souvenir de Cyvoct...

Zill repoussa quelques piles de papiers, de documentation, de notes, pour poser les deux bières qu'il était allé chercher dans le frigo.

— Je suis au courant pour Floric... On se croisait de temps à autre. La presse locale a fait le silence sur son geste : un historien ça s'occupe normalement de l'Histoire sans en faire ! Je ne publie jamais de nécro dans le *Sapeur*, mais tu as vu, pour lui j'ai dérogé à mes principes... Et aussi pour emmerder le microcosme... Il t'a envoyé une lettre avant de faire le grand saut ? Parce qu'ici, il n'a rien laissé.

Gabriel décapsula la Schneider-Pils et approcha le goulot de ses lèvres.

— Non, pas un mot... Démerde comme je te connais, tu as sûrement réussi à jeter un coup d'œil sur le rapport d'autopsie... Il n'y avait pas de lézard ?

— Tu me surestimes, je ne l'ai pas eu entre les mains. Par contre, je dînais l'autre soir à l'Étoile, en revenant du concert de Bruce Springsteen, et j'ai croisé Rigalouche, le légiste...

Gabriel faillit s'étouffer en buvant tête à la renverse.

— Rigalouche! Tu inventes, il ne s'appelle pas comme ça, c'est pas humain...

— Tu devrais venir plus souvent dans la région... C'est un ancien commissaire des Renseignements généraux du cinquième arrondissement. Il y a une dizaine d'années, il assurait la protection rapprochée d'un opposant au régime d'apartheid installé dans un local de l'Archevêché, et son protégé s'est fait dessouder... Rigalouche a été mis en cause assez sérieusement pour faute professionnelle, d'autant qu'en sous-main il fricotait avec les bas du Front. Puis l'enquête s'est perdue dans les sables. Il s'est reconverti dans la viande froide.

— Tu fais confiance à un type pareil?

— Non, je l'écoute et je filtre son discours avec ma grille de lecture. Le suicide ne fait aucun doute : Floric s'est même rendu dans la maison de la place Gouailhardou avec la corde dont il s'est servi pour se pendre. Une cordelette de nylon tressé arrachée à la tringle à rideaux de sa chambre d'hôtel.

Gabriel fronça les sourcils.

— Attends, il vivait à l'hôtel? Il avait une grande baraque à la Croix-Rousse. Je suis allé manger chez lui, sur les hauteurs, avec sa femme et son môme...

— Moi aussi, mais depuis ils avaient divorcé et il y a un an, Pierre s'était mis à la colle avec une étudiante de Lyon III, une allumeuse toute en jambes qui l'a plaqué il y a une quinzaine de jours. Je les ai croisés plusieurs fois, au resto ou au cinoche, il était vraiment mordu. Largué, il ne devait plus savoir où il habitait… En me repassant le film, la seule chose qui, à la rigueur, cadrerait mal avec le Floric que j'ai connu, c'est la symbolique un peu lourdingue dont il a choisi d'entourer sa mort…

En un éclair, Gabriel revit les dizaines de photos de suicidés sadomasochistes dont Vergeat faisait la collection et qu'il lui montrait avec délectation chaque fois que le Poulpe échouait dans ses filets. L'inspecteur ne manquait jamais de souligner que plus de la moitié de ses sujets ne cherchaient qu'à se donner un supplément de plaisir, et que la grande mort les avait saisis dans la petite. Il grimaça en visualisant les liens comprimant les chairs boursouflées, en suivant les arabesques de chanvre sur les ventres, les seins, les parties génitales. Sans le savoir, Zill le rassura.

— La maison dans laquelle il s'est tué est à l'abandon, un problème d'héritage à ce qui se dit, alors qu'elle devrait être classée monument historique. C'est là qu'habitait le docteur Dugoujon et qu'a eu lieu le fameux rendez-vous de Caluire. Ce n'est pas tout, Floric s'est pendu dans la salle d'attente, la pièce où Max, alias Jean Moulin, a été arrêté par les sbires de Klaus Barbie. Pour que les choses soient encore plus claires, il avait pris soin de glisser dans la poche de sa veste un exemplaire du bouquin posthume de Moulin, *Premier Combat…*

Chapitre 4
Les parchemins éclairants

Gabriel fit une halte dans les allées du cimetière de Loyasse. Les murs du fort plongeaient la tombe de Floric dans l'ombre, et il attribua à la fraîcheur des lieux le frisson qui lui parcourut l'échine quand il lut sa propre date de naissance gravée dans le granit. Pierre n'aura pas quarante ans en l'an 2000… Et tandis qu'il marchait vers la pointe de la presqu'île en se répétant cette phrase, «Pierre n'aura pas quarante ans en l'an 2000», c'est à son avenir qu'il songeait. La maîtresse de Floric habitait dans le quartier d'Ainay. Il fallait s'arrêter avant la proue de la ville, là où confluent les eaux du Rhône et de la Saône, ne pas pousser vers la gare Perrache et les prisons, ces quartiers froids et sales où même les aurores de printemps ne donnent pas envie d'être heureux. L'immeuble s'élevait au milieu d'un dédale de ruelles et de places minuscules abritées des voitures. Cossu, il prenait appui sur des arcades voûtées. Gabriel glissa son passe dans la serrure de l'interphone. De larges ouvertures, percées dans le mur extérieur de l'escalier de pierre blanche, permettaient lors de l'ascension, de découvrir une abbaye aux volets verts hermétiquement clos. Au dernier étage, une discrète plaque de cuivre vissée sous une sonnette en bakélite était gravée au nom de celle qu'il était venu voir : Léa Bargane. Son pouce pressa le bouton. La porte s'ouvrit immédiatement sur une jeune femme en boléro et mini-jupe, dont le sourire se figea pour laisser place à une moue tout aussi séduisante.

— Qui êtes-vous ? Comment vous avez fait pour entrer ?

— Je m'appelle Gabriel Lecouvreur, mais je doute que ma renommée soit parvenue jusqu'ici. Je suis, ou plutôt j'étais, un ami de Pierre. J'ai appris la mauvaise nouvelle par le journal et je suis venu de Paris me recueillir sur sa tombe... J'aimerais vous parler...

Elle recula pour le laisser passer.

— J'espère que ce ne sera pas long... J'attends quelqu'un...

L'entrée, vaste comme une salle d'attente, ouvrait sur un véritable studio de danse au sol parqueté, aux murs couverts de miroirs dans lesquels se reflétait, en échos, la silhouette élancée de Léa Bargane. Les glaces multiplièrent le geste qu'elle fit pour lui indiquer l'emplacement d'un canapé. Il se laissa absorber par le moelleux du cuir tandis qu'elle se posait sur l'accoudoir d'un fauteuil assorti en croisant ses jambes. Il était évident que tout homme normalement constitué avait envie de forcer le mystère d'une telle beauté, mais Gabriel se demandait ce qu'une pareille créature recherchait dans une liaison avec un petit prof d'histoire chargé de famille et de cours. Il se fit la réflexion que des dizaines d'habitués du Pied de Porc devaient se poser la même question en le voyant au bras de Cheryl, et cela suffit à effacer ses doutes.

— Vous êtes danseuse ?

— À mes heures, mais d'après ce que vous m'avez dit, vous n'êtes pas monté jusqu'ici pour prendre des cours... Qu'est-ce que vous avez à me demander ?

— Pas grand-chose, en fait... Il ne vous a peut-être jamais parlé des six mois de taule à régime sévère qu'il a faits en Allemagne, dans le Bade-Wurtemberg... Non... C'est bien ce que je pensais. L'époque a changé. Ce ne sont plus des choses dont on se vante pour séduire les étudiantes... J'étais au trou en même temps que lui. Six mois de forteresse, ça crée des liens...

Elle se pencha pour prendre une cigarette dans un boîtier en marqueterie.

— C'est terrible ce qui est arrivé à Pierre, mais je vous ai dit que j'étais pressée. Je comprends que vous ayez envie de vous confier à quelqu'un qui l'a bien connu, mais je n'ai vraiment pas le temps aujourd'hui. On peut se revoir... Vous restez combien de temps à Lyon ?

Gabriel regarda machinalement sa montre.

— J'ai un train dans deux heures, à Perrache...

36

Je voulais simplement savoir si, au cours des semaines qui ont précédé sa mort, vous vous étiez doutée de quelque chose… Quand on vit avec quelqu'un, on est attentif à des détails qui paraissent anodins aux autres…

Elle s'était relevée et arpentait la pièce en tirant sur sa cigarette.

— On ne se voyait plus depuis presque un mois… Je ne supportais plus sa jalousie, ni ses trucs de maniaque…

— Quels trucs, par exemple ? Si ce n'est pas indiscret…

L'allusion horizontale la fit légèrement rosir.

— Non, de ce côté-là, il était tout ce qu'il y a de plus classique… Son problème, c'est qu'il avait la frousse des ponts. Impossible de lui faire traverser la moindre passerelle sans qu'il risque la syncope. Quand on était en voiture, il me passait le volant et se calait à l'arrière, bien au milieu du siège, pour ne pas apercevoir les berges… D'Ainay à l'île Barbe, il y en a au moins vingt-cinq sur les deux fleuves, et je ne compte pas les passages aériens de La Part-Dieu… D'ailleurs ils ont commencé à les démolir. Au début, c'est marrant on a l'impression de ne pas vivre comme tout le monde, mais au bout d'un an, on se lasse des détours, c'est clair !

Elle se pencha à la fenêtre pour regarder par les jours de l'escalier.

— Rien d'autre ?

— Non…

— Vous savez s'il travaillait sur Jean Moulin et le rendez-vous de Caluire, ces derniers temps ?

Elle haussa les épaules et son boléro, en remontant, découvrit le brillant fiché dans son nombril.

— Je ne crois pas… Il me prenait la tête avec ses recherches sur l'Afrique et sur le mouvement ouvrier lyonnais… Les grèves, les manifestations…

— Les canuts ?

— À Lyon, on en revient toujours là, mais lui, c'était surtout la période contemporaine qui l'intéressait… Je ne sais pas comment il faisait pour se passionner pour l'histoire des usines Berliet. Il passait une partie de son temps à rencontrer d'anciens ouvriers, des ingénieurs. Il avait été scandalisé en apprenant que pendant des années et des années, à leur départ à la retraite, tous les contremaîtres de chez Berliet recevaient en cadeau un livre, *Marius Berliet l'Inflexible*…

Le Poulpe écarquilla les yeux.

— C'est pourtant bien de favoriser la lecture en milieu prolétaire… Je ne vois pas ce qu'il y a d'étonnant ? Le patron n'allait pas leur offrir *L'Histoire de la CGT* de Séguy et Krasucki !

— Pierre préparait un article sur le type qui avait écrit le bouquin, un certain Saint-Loup. Il s'appelait en réalité Marc Augier et avait été volontaire dans la Légion des volontaires français contre le bolchevisme pour combattre aux côtés des Waffen SS. Il voulait illustrer son papier par la reproduction de documents d'époque. Toutes ses affaires sont dans une malle, à côté. Sa femme doit faire passer un coursier pour les récupérer, mais il se fait attendre. Vous voulez voir ?

Gabriel la suivit jusqu'à la chambre qu'occupait largement un lit rond. Elle souleva le couvercle de la cantine en ferraille verte posée sur la moquette, et Lecouvreur s'agenouilla pour en faire un rapide inventaire. Il repéra une série de travaux photocopiés comme *Le Mouvement ouvrier à Lyon* de Fernand Rude, *Le problème de la réduction du temps de travail devant le parlement français*, rédigé en 1918 par Jean Desplanque, ou *La Réglementation légale de la durée du travail dans l'industrie française*, une thèse de droit de Léonce Chabrol soutenue en 1901. Des documents sur l'Afrique étaient empilés contre une des parois, *Revolt in Southern Rhodesia* de Ranger, *Ruanda-Urundi* de W.R. Louis, *Italian Colonialism in Somalia* de R.L. Hess, *Afrique noire, l'ère coloniale* de Jean Suret-Canale ainsi que deux livres de Émile Vandervelde édités au début du siècle, *Les Derniers Jours de l'État du Congo* et *La Belgique et le Congo*. Au milieu d'ouvrages savants achetés au hasard des voyages, glanés dans les brocantes, il aperçut *Le Suicide de la république allemande* de Georgy Berhard publié par Rieder, dès 1933. Tout au fond de la malle se trouvait un dossier consacré à Marius Berliet dans lequel figurait un article de *L'Humanité* où le patron lyonnais était présenté comme «un collaborateur fanatique qui subventionna le Parti populaire français et la Milice et livra ses ouvriers aux nazis ». Gabriel écarta deux mémoires de DEA soutenus à Lyon, *La Société des Automobiles Berliet et l'industrialisation en Algérie et au Maroc* ainsi que *Berliet Sénanque, mécénat d'entreprise ou œuvre spirituelle*. Il feuilleta l'exemplaire de *Marius Berliet l'Inflexible*, et parcourut un long article écrit en l'honneur du biographe. Signé Goulven Pennaod (une inscription au crayon précisait que c'était le pseudonyme de Georges Pinault), il débutait par ces mots : « *Sous mes yeux, une carte, celle qui se trouve en tête du livre* Les SS de la Toison d'or, *publié par Saint-Loup en 1975, que l'auteur me dédicaçait — non sans exagération, mais signature oblige — "au Celte le plus lucide de l'Occident, et sans oublier le soldat de sa race"* ».

C'est en se relevant qu'il remarqua la collection d'abat-jour alignés sur les étagères d'une bibliothèque.

— Elles sont superbes, vos lampes... Où est-ce que vous les avez trouvées ? Au marché de la Création, près de l'ancien palais de Justice...

— Non, mais c'est là que je les vends une fois par mois. Elles vous plaisent vraiment ?

Elle s'allongea sur le lit, s'étira pour atteindre un interrupteur. Les lumières firent jaillir des centaines de signes calligraphiés sur les murs, le plafond.

— C'est moi qui les fabrique. Une petite structure en fil de fer torsadé pour les pieds, la baïonnette et l'ampoule, puis je tends de vieux parchemins tout autour... Quand on allume, c'est magique, la texture du papier et les écritures emberlificotées sont projetées dans l'espace...

— Je croyais que vous étiez étudiante...

Léa Bargane se troubla de manière imperceptible.

— Je le suis toujours. Je prépare un diplôme d'études approfondies sur l'histoire de l'historiographie moderne... Cela me laisse des loisirs.

Le Poulpe ne voulut pas rester en reste et montra sa science.

— C'est vrai qu'on ne peut pas passer ses journées à lire et annoter les *Annales* de Lucien Lefebvre... C'est clair...

Il se dirigea vers la porte de l'appartement en attendant qu'elle corrige le nom du fondateur des *Annales*, Lucien Febvre, mais la rectification ne vint pas. Il allait partir quand elle lui planta l'une des lampes dans les bras.

— Pierre aimait particulièrement celle-ci... Je vous la donne en souvenir.

Le type en combinaison de motard qu'il croisa dans l'escalier, son casque sous le bras, ses longs cheveux blonds battant les épaules, lui jeta un regard noir. À lui et à son abat-jour.

Chapitre 5

Lecture à grande vitesse

Gabriel avait tué son heure et demie d'avance en allant à Bellecour. Dans une voie minuscule adjacente à la rue Victor-Hugo, il était tombé sur une librairie dont la devanture était consacrée à tous les bouquins disponibles sur l'affaire du rendez-vous de Caluire et ses différents protagonistes. Il y avait là, sans ordre apparent, les livres des Aubrac comme ceux de René Hardy, une biographie du banquier nazi Genoux, les études de Cordier et celles de Chauvy. Il avait feuilleté le gros volume signé Pierre Péan qui confortait la thèse d'une trahison de Hardy, et s'était attardé sur celui de Jacques Baynac qui attribuait, lui, l'arrestation de Jean Moulin à une tragique série d'approximations dans le respect des consignes de sécurité du réseau. Il ressortit avec *Premier Combat* en poche, tout surpris d'avoir acheté un livre des éditions de Minuit préfacé par le général de Gaulle. Peut-être Pierre Floric avait-il trouvé son exemplaire au même endroit, avant d'aller mourir à Caluire... L'avertissement du général ne comportait qu'une vingtaine de lignes brèves, en gros caractères, mais les mots qu'il croyait surannés éveillèrent en lui des sentiments qu'il ne se connaissait pas.

« Max, pur et bon compagnon de ceux qui n'avaient foi qu'en la France, a su mourir héroïquement pour elle »...

Il avait traîné sur la place Carnot en se promenant dans le texte, puis il avait fait le tour de la gare Perrache pour entrer par l'escalier mécanique du cours Charlemagne. On entendait des cris, des cavalcades, amplifiés par les voûtes, les verrières. Se frayant un chemin au milieu du vacarme, une voix anonyme annonçait que le départ des trains était décalé d'une heure en raison de circonstances indépendantes de la volonté de la société nationale. Des centaines de lycéens en grève venaient d'envahir les voies qui longeaient la rue Dugas-Montbel, et les incarcérés de Saint-Paul et Saint-Joseph, une enclave habitée par la banlieue en plein centre de Lyon, s'étaient hissés sur leurs tinettes pour les saluer. Les bras s'agitaient, les poings se dressaient, et on distinguait des visages de lycéens vieillis, derrière les barreaux. La manifestation, dépourvue de la moindre agressivité, fut tranquillement dispersée par un détachement de compagnons républicains de sécurité sous les huées des prisonniers, puis les TGV purent reprendre leur ballet feutré vers Fresnes et la Santé. La lampe ne tenait pas sur la galerie à bagages, et Gabriel fut obligé de la garder sur ses genoux durant tout le voyage. Le livre consistait en fait en un journal relatant les événements survenus à Chartres du 14 au 18 juin 1940, quand l'avancée des armées nazies avait jeté sur les routes d'exode des millions de Français en proie à tous les désespoirs. Jean Moulin, qui avait commencé sa carrière dans le cabinet du ministre de l'Air du Front populaire, Pierre Cot, en organisant le trafic d'armes pour l'Espagne républicaine, occupait les fonctions de préfet d'Eure-et-Loir. La ville, bombardée par les stukas, était traversée par des centaines de milliers de réfugiés venus de Belgique, des départements du Nord, de la région parisienne. Quand tout le monde fuit les avant-gardes blindées de la Wehrmacht, militaires, policiers, gendarmes, intendance, services sanitaires, et que même l'évêque abandonne sa cathédrale, seul le préfet demeure à son poste. Le général allemand qui prend possession de la place, tente de lui faire signer un protocole dans lequel il reconnaît que les troupes sénégalaises, avant de passer la Loire, se sont rendues coupables de viols, de meurtres, de pillage sur la population civile. Il refuse. On le conduit devant des corps de femmes et d'enfants affreusement mutilés, alignés dans un hangar qui jouxte une voie ferrée. Il refuse encore. On le jette sur un cadavre aux membres arrachés. Les blessures, manifestement, ont été provoquées par les bombardements. On le frappe à coups de crosse, on le roue sous la botte, on le fouette, on tente de l'étouffer. Il se tait, il résiste déjà, en cette fin d'après-midi du 17 juin 1940... À la nuit tombée, ses bourreaux l'enferment dans un réduit où un tirailleur sénégalais est retenu prisonnier.

Ils ricanent : « *Comme nous connaissons maintenant votre amour pour les nègres, nous avons pensé vous faire plaisir en vous permettant de coucher avec l'un d'eux.* » Quand son compagnon d'infortune s'est endormi, Jean Moulin, qui ne sait s'il parviendra à tenir tête tout un nouveau jour à ses bourreaux, ramasse l'un des éclats de verre qui jonchent le sol et tente de se trancher la gorge. Le sang inonde les passementeries brillantes de l'uniforme préfectoral...

Gabriel ne parvint pas à aller plus loin que la page 109. Il ne cessait de buter sur une phrase qui, confusément, le ramenait à un autre sacrifice, celui de son ami Pierre Floric.

« Quand la résolution est prise, il est simple d'exécuter les gestes nécessaires à l'accomplissement de ce que l'on croit être son devoir. »

Les habitants des cartons délimitaient leur espace dans les recoins, près des bouches d'aération du métro, quand il débarqua gare de Lyon. Sa lampe sous le bras, il mit le cap sur la rue Popincourt. Deux types bricolaient en nocturne derrière le capot relevé d'une Polo. Il s'approcha.

— Vous avez des problèmes, les gars ?

Celui qui farfouillait le plus profond dans la mécanique releva la tête pour aboyer.

— Tu te casses et tu nous emmerdes pas, compris ?

La réponse, « Plutôt, c'est ma bagnole », fut couverte par le fracas que fit le capot en se refermant sur le crâne et les mains des deux mécaniciens sauvages. Ils s'enfuirent en couinant et en l'abreuvant d'injures qui concernaient au moins les dix générations d'invertis, mâles et femelles, censées avoir précédé la naissance du Poulpe. Il n'en avait pas terminé avec les pièges : le york-shire, dissimulé sous un des sièges du salon de coiffure, lui enserra la jambe au passage et se mit à limer en tirant la langue. Gabriel essaya, en vain, de lui faire lâcher prise et il grimpa l'escalier en traînant son boulet ahanant. Dans la pénombre, Cheryl se redressa sur ses coudes.

— Quand j'ai entendu les bruits de tôles, dans la rue, j'ai su que c'était toi... Qu'est-ce qui s'est passé ?

Il évita de parler des renflements, sur la carrosserie, pour ne pas gâcher sa nuit.

— Des chats et des chiens en maraude. Ils ont renversé les poubelles, en bas...

Il se baissa pour brancher la lampe parcheminée, et les voyelles, les consonnes, dansèrent sur les murs. Des lettres projetées vinrent épouser les pleins et les déliés du corps de Cheryl. Il s'allongea près d'elle pour lire les noms posés sur ses seins, déchiffrer les verbes collés sur ses épaules, les articles nichés entre ses cuisses. Il songea furtivement à Léa Bargane, puis ils sombrèrent dans un monde sans mots. Le soleil ras du matin avait effacé les graffiti de la nuit. Cheryl prit l'abat-jour dans ses mains, l'approcha de son visage pour essayer de deviner ce qui était inscrit. Quand toutes les syllabes furent ordonnées, elle réveilla le Poulpe.

— Gabriel, tu savais ce qui était marqué, avant de l'acheter?

Il rejeta le couvre-lit rose et cligna des paupières.

— Marqué où? Acheté quoi?

— Sur la lampe que tu m'as offerte...

— Même agrandi, avec toi comme écran, pardonne-moi si je n'ai rien compris.

— C'est pourtant pas sorcier, il suffit de suivre avec le doigt... Il manque un morceau de la première phrase que le type a écrite : « *Un maître a frappé un élève jusqu'à lui donner des maux de poitrine.* » La deuxième est complète et te ressemble assez : « *Je ne veux pas être de ces lèche-culs qui craignent de déplaire aux pions.* »

Chapitre 6
Les pièces éparses de la mémoire

Au cours des mois qui suivirent, et qui tuèrent le second millénaire de l'ère chrétienne, toute l'attention de Gabriel Lecouvreur fut absorbée par l'enquête qu'il pilota à distance sur la secte de la Fratrie blanche créée au Québec et très active en Suisse. C'est tout juste s'il but une coupe de champagne pour fêter l'avènement calendaire de la théorie des zéros, et s'il leva la tête pour voir les fusées du feu d'artifice géant tiré dans le ciel de Paris. L'esprit accaparé, jusque dans les rêves, par la traque à l'illuminé vindicatif, il oublia le suicide de Pierre, le nombril endiamanté de Léa, la lampe anti-pions remisée dans un placard sous une avalanche de peluches délaissées. Seuls les articles de Zill, quand il avait le temps de retirer la bande entourant la livraison hebdomadaire du *Sapeur*, lui rappelaient son escapade lyonnaise.

Comme s'il avait des réflexes d'amputé, le mois de février s'étirait, gris, monotone. Une pénombre froide séparait la nuit du matin de celle du soir. Au Pied de Porc les clients, déprimés, ne trouvaient plus le courage d'affronter les frimas ; ils se raccrochaient à leur assiette décorée d'osselets sucés et resucés comme à une bouée. Quand il voulait en finir avec ceux qui résistaient aux aigus de la vidange du percolateur, Gérard libérait Léon dans les travées. L'odeur du chien dissuadait les plus sourds, les plus frileux. Ce fut juste après un de ces combats remportés sur la resquille, et alors qu'il s'apprêtait à déguster pour la première fois de sa vie de la Sing-Sing, une bière brassée par les aborigènes de Papouasie, que Gabriel crut entendre le nom de Léa Bargane sur *France Info*. Il se précipita dans la cuisine où Vlad récurait les plats en écoutant la radio. Il tapa sur l'épaule du cuisinier roumain.

— Qu'est-ce qu'ils ont dit, à propos de cette fille ?

Vlad lui sourit béatement, s'essuya les mains et retira les boules Quies de ses oreilles.

— Je mets toujours ça quand le patron joue avec son percolateur. Tu as besoin de quelque chose ?

— Non, rien… Je veux seulement emprunter ton transistor pour un petit quart d'heure. Tu permets ?

— Oui, tu sais, je le mets mais je ne l'écoute pas.

Le nom de celle qui avait partagé les derniers mois de Pierre Floric ne fut plus jamais prononcé au cours des flashes qui suivirent. Il n'en était pas moins question de Lyon dont un des fleurons, la bibliothèque interuniversitaire, était la proie des flammes. À deux reprises le journaliste qui intervenait en direct des quais du Rhône, confirma qu'un corps, celui d'une femme, avait été retiré des décombres, et le Poulpe ne douta pas un instant que ce fût celui de Léa même si, apparemment, un embargo avait été mis sur son nom. Un taxi le déposa sous le beffroi dont l'horloge indiquait quinze heures. Bravant ses accès de claustrophobie, il se jeta dans le premier train en partance, et à dix-huit heures un autre taxi le laissait au bas du Sofitel, près du pont de l'Université.

— Désolé, je ne peux pas aller plus loin à cause de l'incendie…

Il régla la course et contempla le désastre.

Le bâtiment central et l'aile sud de la bibliothèque ne faisaient plus qu'un seul brasier. Les eaux du fleuve reflétaient les immenses langues de feu qui couraient de pièce en pièce. Une partie du dôme s'était effondrée et quand le vent dispersait l'épaisse fumée noire, à travers les fenêtres aux vitres explosées, on voyait les rayonnages se tordre sous l'effet de la chaleur. Les livres brûlaient, par centaines de milliers, et le ciel de Lyon se chargeait des particules de milliards de signes patiemment tracés par des générations de sages érudits, célèbres ou dédaignés, et que la ville n'avait pas su sauvegarder. Des étudiants, des professeurs, des lecteurs, de simples badauds, s'étaient mobilisés pour sauver ce qui pouvait l'être encore. Une chaîne humaine prenait naissance au pied des premières façades noircies, dans les éclats d'ardoise. Et de main en main, des manuscrits gorgés d'eau, des incunables inondés, des livres aux tranches rongées par les flammes, parvenaient jusqu'au quai Claude-Bernard dont les trottoirs, peu à peu, disparaissaient sous la mémoire atrophiée des passants et penseurs ordinaires de la planète qui, pour leur malheur, avaient fait une halte dans ces lieux. Gabriel prit sa place dans la file que le froid glacial ne décourageait pas. Les coulures d'eau mêlée au papier dilué gelaient sur la pierre, tandis que cent mètres plus loin la fournaise s'alimentait toujours au trésor d'un siècle entier de connaissance. Des milliers de volumes passèrent entre ses mains. Il ne prit de repos qu'après avoir lu le titre d'un livre mangé aux trois quarts par les flammes, et dont il se souvenait avoir vu

50

la photocopie dans la malle de Pierre Floric : *La Belgique et le Congo* d'Émile Vandervelde, député, professeur à l'Université nouvelle de Bruxelles. Un homme d'une cinquantaine d'années, le visage noirci par les cendres, le costume raidi par l'humidité et le froid, vint s'adosser au parapet. Il jeta un regard désolé sur la reliure.

— C'est une véritable tragédie. La destruction de la bibliothèque d'Alexandrie, pourtant vieille de 2 048 ans, reste inscrite dans tous les esprits alors que nous ignorons jusqu'aux titres des livres que ses rayonnages recelaient... On pleure encore, en Afrique, l'incendie volontaire de la bibliothèque d'Alger par les fascistes de l'OAS, en 1962, et ici, en Europe, le pilonnage de la bibliothèque nationale et universitaire de Bosnie-Herzégovine par les obus serbes qui pleuvaient sur Sarajevo... Vous connaissez certainement ce proverbe africain qui dit qu'un vieillard qui meurt, c'est une bibliothèque qui brûle ?

Gabriel se contenta de hocher la tête de manière affirmative.

— Le problème, c'est que personne ne sait combien de mémoires meurent quand une bibliothèque flambe... Ce que vous tenez dans vos mains est une relique. Nous n'étions qu'une poignée à connaître l'existence de dizaines de diplômes d'étudiants étrangers entreposés ici... Je travaillais depuis des années à une thèse sur la perversité qui conduit certains scientifiques à œuvrer à la destruction de pans entiers de l'humanité au nom même de la conservation de la race... Cette bibliothèque était une véritable mine. Il y avait l'original du texte d'un inspirateur de Carrel, *Les Sociétés chez les animaux* du docteur Paul Girod, et les doubles des comptes rendus du physicien Max Cosyns sur ses expériences de torture sexuelle menées dans son effroyable « Centre de recherche des réflexes » à Licq-Athérey...

L'homme disparut quand des voitures de pompiers dépêchées depuis les raffineries de Feyzin, et équipées de lances haute pression à très longue portée, vinrent se garer devant les grilles des universités Jean-Moulin et Louis-Lumière, une injure à l'histoire qui associait le nom d'un martyr à celui d'un complice. C'était la fin ; ce que le feu n'avait pas détruit allait l'être par les jets surpuissants conçus pour venir à bout des catastrophes pétrolières. Une brasserie avait relevé son rideau de fer, au coin de la rue Jaboulay. On y servait gratuitement du café et du vin chaud aux sauveteurs qui se nettoyaient le visage, les mains, dans un grand baquet d'eau posé sur une table, devant le zinc. Gabriel vint prendre place près d'une femme qui massait son avant-bras brûlé à l'aide d'une crème épaisse. Elle n'avait plus de sourcils et ses cheveux, par mèches entières, s'étaient racornis sous l'effet de la chaleur. Tandis qu'il touillait son café, elle essaya de nouer un pansement autour de son bras, retenant maladroitement une pointe du tissu entre ses dents. Il se saisit du linge.

— Vous n'y arriverez pas toute seule… Vous étiez dans le bâtiment, quand il a pris feu ?

— Non… Je travaillais là depuis plus de vingt ans, je m'occupais des collections de périodiques… Aujourd'hui, c'était fermé. J'habite juste derrière, sur la place du Prado, et quand j'ai vu les flammes, la première chose que j'ai faite après avoir prévenu les pompiers, c'est de me précipiter vers la grande salle de lecture. À l'entrée il y a une vieille plaque, « Toute conversation est interdite », et juste en dessous, une inscription manuscrite qui datait de 1968, « … si elle ne pose pas la question du pouvoir ». J'ai pu les revoir, juste avant qu'elles soient englouties…

Le Poulpe piqua l'épingle à nourrice qu'elle lui tendait à la surface du bandage de fortune.

— Je ne comprends pas… Vous avez risqué votre vie pour aller lire une phrase sans importance que vous connaissiez déjà ?

Elle eut un pauvre sourire.

— C'est bête, je sais, mais c'est comme ça…

— Vous savez s'il y a eu des victimes ? Sur *France Info*, ils ont annoncé une mort, une femme. Ils ont donné son nom, puis j'ai l'impression que ça n'a pas été confirmé.

Elle trempa ses lèvres dans le verre de vin chaud.

— Je n'ai pas eu le temps d'écouter… Les secours l'ont trouvée tout de suite, dans l'aile droite, là où le feu a vraisemblablement pris. J'ai vu le brancard passer devant moi. Une belle fille, très grande, vêtue d'une sorte de combinaison de danseuse... Je ne me suis même pas demandé ce qu'elle faisait là. Elle avait la tête en sang. C'est bizarre, mais je me rends compte seulement maintenant qu'elle ne portait pas de traces de brûlures. Heureusement que cela s'est produit un jour de fermeture, sinon, avec le dédale que c'était, on compterait les victimes par dizaines.

Gabriel se leva et quitta la brasserie. Il franchit le fleuve par le pont Wilson pour se diriger vers le quartier d'Ainay. Dans les voitures détournées par milliers, et qui roulaient pare-chocs contre pare-chocs sur les quais de la presqu'île, les Lyonnais regardaient, effarés, un peu de l'âme de leur ville se consumer dans les gerbes d'étincelles.

Chapitre 7

La malle s'est fait la malle

Les premiers flocons du nouveau millénaire dansaient devant le halo des candélabres quand Gabriel pénétra dans l'enchevêtrement des ruelles et des placettes d'Ainay. Son passe-partout lui ouvrit l'accès à l'escalier ajouré, et parvenu au dernier étage il colla son oreille à la porte pour s'assurer qu'il n'y avait personne. Il traversa la vaste entrée et sursauta, dans la salle de danse, avant d'identifier son propre reflet multiplié par les miroirs. Quelques parchemins revêtus de sceaux à la cire étaient posés sur le porte-partition du piano. Il parvint à déchiffrer une phrase sur l'un d'eux : *« Nous sommes à vos genoux, Sire, et les baignons des larmes les plus pures de la reconnaissance et de l'amour »* avant de s'apercevoir que le document portait, au verso, le discret tampon de la bibliothèque interuniversitaire dont on distinguait les lueurs du désastre, à l'horizon. Il entra dans la chambre, et tira les rideaux pour pouvoir allumer la lampe de chevet qui projeta des dessins bleutés sur les murs, le plafond. Un serpent, une croix de marine, une sirène, un cœur transpercé d'une flèche... Les quatre faces de l'abat-jour étaient constituées d'une sorte de gros papier jauni, sans texture, et recouvert de gravures pointillistes qui évoquaient des tatouages. Son attention fut retenue, un instant, par une photo de Léa dansant entre deux boys au visage dissimulé par un masque de tigre, sous une banderole où on lisait « Couples contre le sida ». La malle de Pierre Floric ne se trouvait plus sur la moquette, elle avait seulement changé de place et avait été poussée au bas d'un placard. Le Poulpe s'agenouilla et entreprit d'en faire l'inventaire. Il sortit tout d'abord les documents relatifs aux études sur le mouvement ouvrier lyonnais comme la thèse de Fernand Rude, puis les volumes consacrés à l'Afrique, les dossiers concernant le problème de la réduction du temps de travail, le livre de Saint-Loup, *Marius Berliet l'Inflexible* dédicacé par l'auteur à un ingénieur de l'entreprise. Au-dessous, il y avait toute une rangée d'ouvrages sur la communauté arménienne installée dans la région Rhône-Alpes depuis l'exode de 1915, puis une dizaine de livres traitant de la prise du pouvoir par les Khmers rouges à Phnom Penh, en avril 1975. Il souleva un mémoire intitulé « *L'Homme cet inconnu : les effets d'une surdétermination historique* ». Le fond de la malle était tapissé de coupures de presse sur le système concentrationnaire nazi, d'autres dossiers, plus minces, et qu'il n'avait pas aperçus la première fois concernaient le Rwanda et les guerres dans l'ex-Yougoslavie. Absorbé par la lecture des titres des articles, il n'entendit pas le léger cliquetis de la serrure, ni le pas retenu des deux hommes sur les lames du plancher. Quand il leva la tête, alerté par un grincement du parquet, il était trop tard. Deux silhouettes recouvertes de combinaisons de moto en cuir sombre, le visage dissimulé derrière le plexiglas fumé des casques intégraux, fondaient sur lui. Le premier coup de pied, lancé à la volée, l'atteignit en pleine tempe. Une douleur électrique le paralysa. Le Poulpe voulut ramener ses bras pour se protéger le crâne, comme un boxeur poussé dans les filets, mais déjà ses membres ne répondaient plus, son cerveau était tout juste capable de compter les chocs sourds qui martelaient son dos, son ventre, ses épaules. Une nuit noire, épaisse, l'envahit de l'intérieur. Seule sa douleur lui disait qu'il était encore vivant.

Gabriel revint à lui alors qu'un jour blême se levait sur la ville. La neige de la nuit accrochait ses lambeaux aux toits de Fourvière et de la Croix-Rousse. Soulever les paupières fut un supplice. Il s'était pissé dessus dans sa léthargie. Il se mit à ramper d'abord sur la moquette puis sur le parquet vitrifié, regrettant millimètre après millimètre, qu'ils n'aient pas achevé leur besogne. Dans sa lente reptation, son cerveau enregistra la disparition de la malle, des abat-jour et des manuscrits posés sur le piano. Le plus difficile fut de franchir l'obstacle du bac à douche. Quand il y parvint, il se recroquevilla contre le carrelage et ouvrit les robinets, pensant, une minute trop tard à vider ses poches de veste, de pantalon. Il s'y employa sous le jet tiède puis brûlant et jeta ses papiers, ses billets, ses cartes, ses notes, dans la baignoire attenante. Une demi-heure plus tard, il réussit à se mettre debout, à ôter les vêtements trempés qui collaient à sa peau. Il les enfourna dans un plastique et trouva au fond de l'armoire du studio de danse une chemise violette et un pantalon de jogging vert qui avaient dû appartenir à un partenaire de Léa et dont il s'affubla. Il dissimula le tout sous un imperméable ciré rouge qui était accroché à la patère de l'entrée avant de se risquer dans l'escalier.

Par chance, les rues étranglées étaient vides,

et seules quelques silhouettes incertaines se hâtaient vers les arrêts du bus, les bouches du métro. La devanture de l'épicerie Violla lui fit un bien plus grand effet qu'une oasis à un aviateur échoué dans le désert. Les dents serrées, il se hissa jusqu'à la porte exceptionnellement fermée à double tour de l'appartement de Zill, contre laquelle il s'affaissa en perdant connaissance. Le fondateur du *Sapeur sans tablier* le découvrit endormi sur le paillasson, une heure plus tard, au retour d'une nuit de reportage dans le parc de Miribel-Jonage où deux travestis et un ancien conseiller général grenoblois avaient été assassinés au cours des derniers mois. Il se reprit à deux fois pour soulever le Poulpe, et il le déposa sur son lit pour le laisser récupérer après l'avoir débarrassé du ciré. Avant de se mettre au travail, Zill écouta la trentaine de messages emmagasinés par le répondeur et lut les douze télécopies déposées dans la recette du fax. Presque tous les appels avaient trait à l'incendie de la bibliothèque du quai Claude-Bernard. Il se concentra sur son article et pianota un titre provisoire : «Filature nocturne dans les onagres.» Toutes les images de la nuit, glanées à dix minutes d'autoroute du centre de Lyon, se bousculaient dans sa tête. L'homme nu attaché à un arbre et chantant un air d'opéra au milieu d'un champ, le jogger bandant qui courait avec son chien en laisse, sur le parcours du cœur, les créatures androgynes alanguies, cuisses ouvertes à l'arrière des berlines, les appels de phares surprenant les déambulations aléatoires, les rencontres furtives sous les paillotes, la danse lascive des drag-queens devant les faisceaux blafards de leurs bolides... Il finissait de calibrer son texte en première page du *Sapeur* quand Gabriel émergea de son sommeil comateux et vint s'asseoir face à lui.

— Salut Zill... Il est quelle heure ?

— Presque neuf, alors que toi, tu as plutôt l'air en bout de course. Qu'est-ce qui t'est arrivé, tu t'es battu avec un funiculaire ?

Il but une longue gorgée à la tasse du journaliste.

— Je crois que je m'en serais mieux sorti... Tu n'aurais pas des fringues à ma taille ? Je me dégoûte là-dedans... Je ne supporte ni le vert ni le violet. Les deux ensemble, c'est immonde !

— Ton futal et ta veste sont entre les mains du meilleur nettoyeur à sec de la zone non occupée... Tu les auras avant midi, et si en attendant tu veux te foutre à poil, ne te gêne surtout pas : je suis rassasié après la nuit que je viens de passer. Sérieusement, qui est-ce qui t'a concassé ?

Gabriel se massa les tempes du bout des doigts.

— Ce sont les potes de Léa Bargane, la nana qui a largué Pierre, qui m'ont fait ça... Un tabassage en règle... Tu as écouté les dernières nouvelles sur l'incendie de la bibliothèque ? Elle est bien morte ?

Zill prit la liasse de télécopies et la déplia en éventail.

— C'est vraiment con d'avoir loupé le brasier ! Je ne me déplace jamais sans mon portable, sauf cette nuit comme de bien entendu. Il n'y a rien de plus idiot qu'un téléphone qui bipe, quand tu es accroupi au milieu d'un bosquet à observer les ébats tarifés des édiles.

— Je t'ai posé une question...

— Ils parlent d'une femme morte dans l'incendie, mais ils ne disent pas son nom. Je n'ai pas encore le rapport d'autopsie de Rigalouche, mais ça ne saurait tarder. En tout cas, les limiers de la préfecture ont rarement bouclé une enquête en aussi peu de temps. Ils ont dû faire un stage sur les incendies, en Corse... Leur hypothèse est qu'on aurait affaire à un petit gang de voleurs de manuscrits, de lettres autographes, et que leur dernier casse aurait tourné au vinaigre... Résultat, un cadavre dans leurs rangs, et 400 000 volumes partis en fumée pour la partie adverse. Tu y crois ?

— Je suis certain d'avoir entendu le nom de Léa Bargane à la radio. Depuis, c'est tout juste s'ils disent que c'est une femme. C'est toi qui m'avais fourni l'adresse de la danseuse, après le suicide de Pierre Floric.

— Oui... Je vais agiter deux ou trois ficelles et l'info devrait rentrer. Elle faisait peut-être partie de ce groupe de casseurs...

Tout en lui répondant, il préparait un cocktail

d'aspirine, de Di-Antalvic et d'un autre composant qui aurait valu une interdiction d'approcher les pédales, à vie, à un forçat de la route. Il le tendit à Gabriel qui trouva la force d'incliner la tête pour l'ingurgiter, puis de se mettre à parler, les lèvres pratiquement immobiles.

— Il y a sûrement du vrai, comme toujours... Ce que je sais, c'est qu'il y avait pas mal de parchemins avec le tampon de la bibliothèque, dans son appartement, et que les types qui ont fait du petit bois avec mes os ont tout embarqué avant de partir...

— D'après les docs que mon informateur m'a fait parvenir, le conservateur en chef s'était fendu d'une demi-douzaine de plaintes pour vol, mais les flics avaient classé sans suite. De leur côté, les syndicats dénonçaient la misère budgétaire, les suppressions de postes, les départs en retraite non remplacés, la vétusté de l'installation électrique, l'absence de système de sécurité. J'ai de quoi écrire un numéro entier du *Sapeur* avec leur cahier de doléances !

Il s'arrêta et brandit un fax vers Gabriel.

— Tiens, ça c'est plus marrant... La liste des principaux manuscrits volés au cours des derniers mois, avec reproduction en fac-similé... Alphonse de Lamartine, lettre à sa mère datée de Lyon, novembre 1802 ; fragment d'un texte de Caserio écrit dans la prison de Lyon, au lendemain de l'assassinat du président Sadi Carnot ; épîtres de Mazade d'Avaize adressées à sa fille... Il y a même une lettre de Charles Baudelaire. Il n'y va pas avec le dos de la cuillère sur les méthodes des profs du collège royal de Lyon, en 1833. Écoute ça : « *Un maître a frappé un élève jusqu'à lui donner des maux de poitrine. Je ne veux pas être de ces lèche-culs qui craignent de déplaire aux pions* »... Il avait tout compris sur cette ville, non ?

Le Poulpe remua faiblement la tête, et n'osa pas lui confier que le parchemin original qui portait ces mots trônait dans la chambre de Cheryl, et que ses cursives projetées avaient agrémenté leurs ébats. Il fit diversion.

— Elle est morte comment, Léa Bargane ? Asphyxiée ?

— Oui, d'une balle dans la tête. C'est le seul détail qui ne colle pas dans leur démonstration, et il est de taille. On ne razzie pas le parchemin baudelairien au Smith et Wesson... Quand on s'attaque à une bibliothèque on sait, au minimum, que c'est Verlaine qui jouait du pistolet !

Chapitre 8

Le pot lyonnais

La mystérieuse préparation que Zill avait baptisée le pot lyonnais ne tarda pas à faire sentir ses effets, et le Poulpe enfila sans trop de difficulté ses vêtements propres et repassés que livra une des filles de l'épicier Violla. À midi, il se sentait d'attaque pour grimper à l'assaut de l'ancien quartier des canuts, les ouvriers tisseurs de soie qui avaient inscrit cette fière devise sur leur drapeau noir, un siècle et demi plus tôt, « Vivre en travaillant ou mourir en combattant ». Zill lui dessina un plan pour arriver à bon port, lui indiquant les entrées des traboules, ces ténébreux passages secrets reliant les immeubles, les rues, les cours.

— Le problème, sur les pentes, ce n'est pas d'aller au plus vite mais d'aller au plus juste… Ne t'inquiète pas si tu dévales des escaliers alors que tu vas en haut de la ville : à Lyon, on monte en descendant ! Quand tu es sur la place Chardonnet, tu traboules au numéro 55 de la rue des Tables-Claudiennes, ce qui te fait déboucher au 20 de la rue Imbert-Colomès. Tu marches sur cinquante mètres, et tu re-traboules au 29 de la même rue pour pénétrer dans la traboule télescopique de la République, un dédale sur quatre niveaux qui te mène directement dans la cour des Voraces où se sont livrés les derniers combats de l'insurrection des canuts, en 1831… Tu es arrivé. Floric habitait là, dans l'immeuble en cours de restauration…

Avant de refermer la porte, il tendit une petite fiole au Poulpe.

— C'est le reste de ma préparation. Si tu as un accès de faiblesse, prends-en une lampée. Pas plus, c'est du solide.

Un garçon de sept ou huit ans vint lui ouvrir. Il disparut aussitôt en courant, impressionné par le visage bosselé de l'inconnu et revint accompagné de sa mère.

— Je peux vous aider... Qu'est-ce que vous cherchez ?

— Nous nous sommes déjà rencontrés... Je m'appelle Gabriel Lecouvreur et j'étais un ami de Pierre... J'ai appris ce qui lui est arrivé et...

Elle ferma les yeux.

— Je me souviens, vous êtes venu ici, à la maison, il y a bien longtemps. Entrez, ne restez pas sur le palier.

Elle lui désigna une chaise autour de la table décorée de napperons et vint prendre place face à lui.

— Excusez le petit, il est perturbé et vos blessures lui ont fait peur. Vous avez eu un accident ?

— Non, je passais par hasard sur les quais, hier, quand la bibliothèque brûlait. J'ai pris ma place dans la chaîne des sauveteurs. Je me suis un peu trop approché des façades... C'est spectaculaire, mais dans une semaine il n'y paraîtra plus. Par contre, ils ont découvert un cadavre... Il semblerait que ce soit celui de Léa Bargane...

Elle accusa le coup, à l'énoncé du nom de sa rivale qui n'avait pas encore été révélé par la presse, et eut un mouvement de tête vers *Le Progrès* dont la première page était occupée par une vue aérienne de l'incendie.

— Demain ils mettront sa photo en page intérieure, avec un article pince-cœur. Qu'ils ne comptent pas sur moi pour verser une larme… Pierre vous avait parlé d'elle ?

— Pas du tout. La dernière fois que nous nous sommes vus, c'était ici, avec vous et le petit. J'ai croisé cette fille quelques jours après la disparition de Pierre, lors d'un rapide voyage à Lyon, et elle m'a dit que vous deviez faire enlever une malle pleine de documents qu'il avait entreposée chez elle.

Elle respira profondément comme pour retenir une envie de sanglots.

— Je n'ai pas pu m'y résoudre. Le suicide de Pierre m'avait tétanisée. J'étais devenue incapable de m'occuper de moi, de Marc. Ce sont les grands-parents qui ont pris le relais. Avec ce qui vient de se passer, j'imagine que la police va perquisitionner chez elle et s'y intéresser… Ils me la rendront un jour ou l'autre… Des travaux en cours. Ce n'est pas ce qui manque. Il y en a plein les rayonnages, plein les placards, plein la cave… Qu'est-ce que vous cherchez exactement, monsieur Lecouvreur ?

— Il y a vingt ans de cela, j'ai vécu six mois en forteresse, jour et nuit, avec votre mari qui était mon jumeau de naissance. Je ne l'ai pas entendu se plaindre une seule fois. Un roc. Malgré l'évidence, je n'arrive pas à admettre qu'il ait pu mettre fin à ses jours. Et l'assassinat de cette jeune femme ne fait que renforcer mes doutes.

— L'assassinat ? Ce n'est pas un accident ?

— Non. Je n'en sais pas plus.

Elle se leva et se dirigea vers un secrétaire encombré d'enveloppes timbrées non ouvertes, de factures, de périodiques dont plus personne ne déchirait l'emballage de cellophane. Elle revint vers la table et tendit une lettre dépliée à Gabriel.

— Moi aussi, j'aurais voulu me raccrocher à cet espoir, sauf qu'il y avait ce mot dans la boîte aux lettres et que c'est bien son écriture... Vous voulez boire quelque chose ?

Il avait envie d'une bière mais s'entendit répondre « un café ou de l'eau, s'il n'y en a pas de fait », et profita de son départ vers la cuisine pour prendre connaissance des dernières phrases de Pierre. Il n'en aurait pas eu le courage en sa présence.

« Mon amour femme, mon amour fils,

En si peu de temps je vous aurais fait tant de mal, vous qui étiez mes seules raisons de vivre. Un malheur dont je ne trouve pas l'issue, ou alors la seule qui multipliera le mal que je vous ai déjà fait. Je ne sais comment le piège s'est refermé sur moi. Il ne me restait qu'une chose : l'honneur, dont on dit qu'il ne sert qu'une fois, comme les allumettes. Je l'ai perdu. J'avais l'habitude de prétendre que nous vivions dans un étrange pays où les clercs trahissent, génération après génération. Et je citais les noms de ces grandes consciences trafiquées, de ces mandarins orga-

nisant leur monde au mieux de leurs intérêts de carrière. J'ai perdu le droit de le faire. Tout est encore plus pourri que je l'imaginais. Jean Moulin, lui, avait eu le courage de se forcer à mourir avant de faiblir. »

Il se refusa à lire les mots ultimes qui n'appartenaient qu'à celle qui avait repris sa place devant la table. Il lui rendit la lettre.

— Vous avez une idée des sujets sur lesquels il travaillait, au cours des derniers mois ? Des endroits qu'il fréquentait ?

— La majorité des historiens s'installent dans une époque, un personnage, un lieu, et n'en bougent plus de toute leur vie. Pierre s'intéressait à tout. Ses spécialités, c'étaient la société industrielle, les soubresauts des décolonisations africaines, mais sa méthode tenait de l'arborescence, ça partait dans tous les sens… Un jour il a interviewé un vieil ouvrier de chez Berliet sur l'organisation de son travail dans les ateliers des camions tout-terrain, et un moment il a été question des chaînes de montage d'Alger. Au cours des semaines qui ont suivi, il a écrit une monographie sur l'utilisation du matériel Berliet pendant la guerre d'Algérie. Pierre se sentait un peu chez lui dans tous les centres de documentation de l'agglomération. Il était souvent le premier à ouvrir des cartons d'archives, dans des greniers de mairie, et à découvrir des trésors oubliés. Il avait l'impression, me disait-il, de redonner vie à ceux qui les avaient composés, écrits au quotidien… C'était sa plus grande joie. Il avait son bureau de chercheur au Centre Gabriel-Roux, avenue Berthelot, dans la cour, en face du Centre d'histoire de la Résistance et de la déportation. Mais s'il y a un endroit qu'il préférait par-dessus tout, c'était le dôme de la bibliothèque interuniversitaire, celle qui vient de brûler…

Chapitre 9

L'an mil neuf cens nonante neuf

Zill n'avait pas dressé le plan de l'itinéraire de repli, et Gabriel s'égara. Au débouché d'une traboule inconnue, il fit une halte à la brasserie Dupuis. La carte proposait une Lugdun-Kriek carte noire dont la mousse compacte fut un baume pour ses lèvres tuméfiées. Il ouvrit le journal régional mis à la disposition de la clientèle, et parcourut le dossier consacré aux événements de la nuit. Les seules informations inédites figuraient sous un titre millénariste racoleur : « L'Apocalypse a été prédite à Lyon ». Dans un encadré légèrement grisé, un quatrain composé en Old English, pour faire antique, donnait le ton :

𝕏 72, quatre bers pour la fin du monde !
L'an mil neuf cens nonante neuf sept mois
Viendra du ciel un grand Roy d'effrayeur

Resusiter le grand Roy d'Angoulmois.
Avant apres Mars regner par bon heur.

Le journaliste expliquait qu'un éditeur biblio-
phile avait fait don à la bibliothèque municipale
de Lyon de plusieurs centaines de documents
écrits au XVIᵉ siècle par Nostradamus. Les œuvres
originales, les commentaires, les monographies,
les illustrations, étaient stockés dans le silo-
réserve de l'établissement, et chacun pouvait les
consulter dès lors qu'il acceptait de couvrir ses
mains des gants blancs rendus obligatoires par le
règlement intérieur des lieux. Le généreux col-
lectionneur avait offert ses précieux documents
sur le mage de Saint-Rémy-de-Provence à la
capitale des Gaules, tout simplement parce que
Michel de Nostre-Dame, alias Nostradamus, avait
lui-même choisi l'imprimeur Macé Bonhomme,
de Lyon, pour faire paraître ses trois premiers
volumes de *Prophéties*, en avril 1555. Lyon était
alors une ville universellement réputée pour le
soin qu'elle prodiguait à concevoir, à réaliser, à
protéger les livres. Avant de mourir, Nostradamus avait pourtant mis le feu à sa bibliothèque,
il ne restait rien aux rayonnages croulant sous le
poids d'ouvrages rares et secrets, des traités d'as-
trologie égyptienne dont il détenait les derniers
témoignages. La perte de ces sources mysté-
rieuses permettait aujourd'hui les interprétations
les plus folles des *Prophéties*, et des exégètes y

trouvaient, pêle-mêle, l'annonce de la mort de Henri II, roi de France, celle de la naissance de Napoléon, l'arrestation de Louis XVI à Varennes-en-Argonne, la déclaration de la Seconde Guerre mondiale, la construction du mur de Berlin, l'élection de François Mitterrand à la présidence de la République… D'autres oiseaux de mauvais augure, démentis par les faits, s'étaient enfouis dans les entrailles de la terre pour survivre à la chute d'un astéroïde géant lors de l'éclipse du 11 août 1999.

Au milieu de tout ce fatras, le Poulpe souligna la seule révélation qui lui semblait digne d'être prise en compte. Au cours des quatre siècles et demi qui avaient suivi la prédiction de l'Apocalypse, tous les grands noms de l'occultisme firent le pèlerinage de Lyon, que ce soit d'Agrippa, l'abbé Bounan ou Cagliostro. Goebbels se procura l'une des trois éditions originales lyonnaises afin de l'offrir au Führer, admirateur fanatique de Nostradamus. En 1989, ce fut au tour de l'état-major pléthorique d'une Église spirituelle japonaise de se déplacer entre Rhône et Saône pour interroger les obscurs quatrains. Les assistants, silencieux et ordonnés, photocopièrent ce qui pouvait l'être et camescopèrent le reste. Le gourou, qui répondait au nom de Shoko Ashara, géant aux chairs abondantes et à la vue basse, était persuadé qu'une certaine chaîne de montagnes que Nostradamus évoquait à plusieurs reprises, ressemblait étrangement au massif du mont Fuji. Le messager providentiel que ces sommets inaccessibles abritaient ne pouvait être que sa propre personne. On avait tenté de le décourager, mais dès son retour à Tokyo, il avait publié un gros ouvrage illustré de gravures, de fac-similés, de photos prises à Lyon, dans lequel il revendiquait sa filiation avec l'astrologue. Et pour bien prouver que le monde était entré dans une période de convulsions annonçant l'Apocalypse, il en organisa les prémisses. En 1995, ses fidèles de la secte Aum libérèrent quelques échantillons de gaz sarin dans les couloirs du métro de la capitale japonaise, provoquant la mort de dizaines de voyageurs. Dans les laboratoires clandestins disséminés sur toute l'île, et principalement près du mont Fuji, les enquêteurs découvrirent des doses suffisantes pour asphyxier dix millions de personnes.

Gabriel assécha sa Lugdun-Kriek en faisant un effort pour se souvenir de tous les documents contenus dans la malle de Pierre. Il y était beaucoup question de Lyonnais, pas de Japonais, et rien n'évoquait, de près ou de loin, les supputations cabalistiques. Il aboutit aux mêmes conclusions en se repassant le microfilm mental des manuscrits éparpillés dans l'appartement de Léa Bargane. Le mot « sida » s'imposa à son esprit, sans qu'il en comprenne la raison, dans un premier temps. Puis il revit la photo de la danseuse, dans la chambre, au-dessus de la lampe, quand elle se trémoussait entre deux tigres à la queue nue, sous un calicot de « Couples contre le sida ». Il redescendit vers la presqu'île, au hasard, alors qu'un soleil timide nettoyait la neige des toits. Le vent, venu de la vallée, rabattait par moments sur les collines une odeur lourde et écœurante de feu détrempé. Il s'arrêta dans une cabine, place Tolozan, et glissa une carte magique, la spéciale-Télécom de Pedro, dans la fente. Il eut tout juste le temps de s'annoncer. Zill lui coupa la parole.

— Tu devrais t'équiper d'un portable, c'est l'outil indispensable du privé moderne... Je viens d'avoir les brouillons de Rigalouche sur mon fax. Il ne donne pas encore d'identité à la morte, mais on a retrouvé la môme dans l'aile droite de la bibliothèque, vers les bureaux des conservateurs, c'est-à-dire assez loin du dôme, l'endroit où le feu s'est déclaré. Elle avait pris des coups ; contusions multiples sur la face, les avant-bras. Pas de trace de fumée dans les bronches. On l'a donc flinguée sur place, avant que ça ne commence à cramer. La mort a été immédiate. On a rarement droit au sursis quand on vous loge une balle de 9 mm, à bout touchant, dans la tempe gauche...

Gabriel laissa flotter son regard dans le sillage d'une péniche chargée de gravier qui passait sous le pont Morand.

— Qu'est-ce qui a bien pu se passer ? On ne l'a pas tuée pour les paperasses lyonnaises de Lamartine et Baudelaire. Tout le monde se foutait royalement des lettres manuscrites qui dis-

paraissaient depuis plusieurs mois des réserves…
Elle aussi, sinon elle se serait bien gardée d'offrir
les abat-jour qu'elle confectionnait avec…

— Comment tu sais ça ?

Le Poulpe n'eut besoin que d'une fraction de
seconde pour colmater la brèche.

— Je bosse, qu'est-ce que tu crois !

— Les flics s'en tiennent pourtant à leur hypothèse de départ. Ils ont décidé de faire des
descentes chez tous les bouquinistes de l'agglomération, chez les boîtiers du quai de la Pêcherie,
les brocanteurs, et même à L'Épigraphe place
des Tapis, à la recherche de commanditaires.
Selon eux, deux ou trois personnes se sont intro-
duites dans les locaux, sans effraction, pour voler
des documents rares qui servaient de base à un
trafic. Pour une raison qui reste à déterminer, les
membres de la petite bande se seraient querellés
et l'un aurait mis un point final au différend à
l'aide de son Smith et Wesson.

— Et l'incendie ?

— Accidentel, mon cher Watson ! Tu peux
faire l'économie de cinq francs demain matin : il
n'y aura rien de plus dans *Le Progrès*. Je n'aime
pas les renvois d'ascenseur, mais en échange de
ces cinq balles, le Poulpe pourrait avoir l'élégance de me dire comment il sait que la môme
Léa distribuait des abat-jour autographes aux
nécessiteux, non ?

Gabriel sut qu'il le tenait.

— C'est simple. Tu connais la boîte de nuit où

les videurs dansent à poil, la tête recouverte d'un masque de léopard…

Zill ne se méfiait jamais des pièges tendus par les amis.

— Tu veux parler de La Jungle en Folie, sur le quai Arloing ?

— Merci du renseignement. J'y serai ce soir sur le coup de dix heures.

Chapitre 10

Poésie à bas prix

La marche, à l'air vif des bords du fleuve, lui faisait oublier ses douleurs, et Gabriel ne songea pas une seule fois à recourir à la fiole de pot lyonnais que Zill lui avait fourrée dans la poche. Il se découvrit même assez d'appétit pour s'attabler sous les voûtes de L'Assiette Lyonnaise et avaler une portion de volaille demi-deuil, façon mère Fillioux, arrosée d'un pichet de vin de Bramafan. Il reprit sa déambulation dans la ville, essayant de démêler tous les fils reliant la mort de Pierre à celle de Léa, d'ordonner toutes les informations même si elles semblaient contradictoires. Il s'arrêta devant les vitrines de La Bourse, une librairie d'ancien de la rue de la Lanterne. Sur les rayonnages des deux niveaux, les livres avaient laissé beaucoup de place aux compacts, aux vinyles, aux cassettes audio et vidéo. Le Poulpe fureta dans les casiers supérieurs en attendant que l'employé marque une pause dans sa tentative de draguer la caissière.

— Bonjour... Pierre Yung, je suis journaliste au *Monde des Livres*, et je dois écrire un papier d'ambiance sur l'incendie de la bibliothèque...

Le vendeur, qui devait passer sa vie à dire que les Régine Deforges c'était au fond, à droite, derrière la porte, que les Jean Dutourd étaient en vrac, plus loin, avec les soldes, s'anima. Son regard s'alluma.

— Qu'est-ce que vous voulez savoir ?

— Je ne dois pas me tromper en affirmant que vous êtes l'un des principaux bouquinistes de la ville...

— Non, en effet...

— Voilà, j'aimerais savoir s'il vous arrive de temps en temps, ou fréquemment, d'avoir des propositions de vente d'éditions originales, de gravures, de lettres autographes, de manuscrits, et dans ce cas, est-ce que vous cherchez à en déterminer l'authenticité et la provenance ?

— Je m'occupe surtout de ce rayon, mais j'ai fait un remplacement de plusieurs mois aux achats, l'année dernière. La grande majorité de ceux qui se séparent de leurs disques, de leurs livres, sont des étudiants ou des jeunes des banlieues. Scolaire, parascolaire, poches... Les beaux livres sont rares. Un coup, j'ai vu arriver un type avec une valise pleine d'éditions originales de Francis Ponge, de René Char, de Georges Perros, de Michel Leiris. Son père venait de mourir, et il dispersait la bibliothèque familiale sans même se douter de sa valeur... J'ai appelé le patron qui s'est déplacé en personne pour négocier le tout... C'est gardé en réserve.

Gabriel s'approcha du jeune homme et baissa la voix, comme pour une confidence.

— Un de vos collègues m'a parlé d'un trafic de lettres de jeunesse écrites à Lyon par Charles Baudelaire et Alphonse de Lamartine, quand ils y étaient élèves. Il n'a pas été capable de m'indiquer une fourchette de prix...

Il gonfla les joues, souffla par une série de jets courts et sonores.

— Les noms impressionnent le néophyte, mais la demande est marginale. Résultat, les cours ne sont pas très élevés. Deux mille, trois mille pièce, grand maximum...

— Pas plus ! Des poètes de cette dimension...

Le vendeur était, lui aussi, sincèrement désolé.

— Des poètes, monsieur, c'est bien là le problème. Amenez-moi n'importe quel gribouillis signé de Nostradamus, je rajoute un zéro à la somme.

Le Poulpe le remercia en lui promettant que l'article passerait dans le journal du lendemain. Il parcourut quelques centaines de mètres en se disant que s'il s'était lancé dans le trafic de manuscrits, ce n'est pas à la bibliothèque interuniversitaire qu'il se serait attaqué, mais à celle de La Part-Dieu. Quatre heures sonnaient au clocher de Notre-Dame-de-Fourvière, mais la nuit prenait déjà ses marques. Elle risquait d'être très longue, et il s'installa à l'arrière d'un taxi qui le déposa devant le café Ceres, de l'autre côté du pont Gallieni. Le quartier se haussait du col depuis les travaux d'embellissement qui avaient accompagné l'arrivée du tramway. La mairie avait placé la barre assez haut, trottoirs en pierre de granit, bacs à fleurs garnis, signalétique clinquante, passages pour handicapés, bancs pour les anciens… Il dépassa le cinéma Comoedia et s'immobilisa devant les bâtiments de l'ancienne École de santé militaire d'où étaient sorties des générations de képis rouges français, et que les nazis avaient réquisitionnée, pendant plus de deux années, pour y installer le siège d'une des plus féroces antennes des services de répression allemands. Une plaque blanche scellée dans le mur, devant laquelle les passants défilaient sans ralentir leur marche, attira son attention.

« Ici en 1943 et 1944 la gestapo nazie, aidée par des traîtres, a torturé des milliers de résistants et d'otages, avant leur mort ou leur déportation. Leur sacrifice a permis la libération de la France. »

Il longea le mur. De hautes grilles sombres, dressées entre des colonnes massives, gardaient l'accès à une cour goudronnée au milieu de laquelle s'élevait un mât supportant les couleurs nationales. Des lettres de fer couraient sur le fronton : «Centre d'histoire de la Résistance et de la déportation». L'ensemble, inhumain à force de fonctionnalité, ressemblerait toujours à une caserne. Devant la loge du gardien, une flèche en bois, posée de guingois sur un trépied, indiquait la direction des bureaux du Centre Gabriel-Roux. Il remonta une courte allée, sur la droite, franchit quelques marches et poussa la porte vitrée. Il gagna le quatrième étage par un escalier à volutes. Une femme lui tournait le dos. Juchée sur un petit escabeau, elle rangeait des dossiers dans les rayonnages supérieurs d'une armoire de ce marron indéfinissable qu'affectionnent les administrations. Tout le mobilier, bureaux, chaises, lampes, fauteuils, répondait à l'unisson. Des plafonniers jetaient une lumière jaune sur cet univers confiné dans lequel il imaginait mal la présence quotidienne de Pierre Floric. Quand la femme eut terminé, elle replia son marchepied, sans adresser la parole à Gabriel, pour aller s'installer devant la machine à photocopier, le regardant à la dérobée au rythme des liasses de dix feuilles agrafées qui glissaient dans la recette de la machine. Le Poulpe estima qu'elle faisait partie de ce quota officieux de dépressifs profonds que protègent les institutions, et qu'il n'y avait rien à en tirer. Sous l'œil soupçonneux de la mutique, il toqua de l'index replié sous une plaque collée qui promettait un responsable. Une voix assurée l'invita à se donner la peine d'entrer. Un homme d'assez petite taille le toisait, engoncé dans un fauteuil de direction, les paumes plaquées sur le plateau d'un bureau aussi vide, net et luisant qu'une boule de billard. Une réglette sertie de cuivre reflétait son inscription dans la profondeur du vernis, se mêlant à l'image en écho de celui qui fixait Gabriel : « Gabriel Roux, directeur ». Le Poulpe s'avança.

— Je suis enchanté de faire votre connaissance, monsieur Gabriel Roux, et…

L'homme partit d'un grand rire qui le rejeta contre le dossier de son siège.

— Je ne suis pas Gabriel Roux, il nous a malheureusement quittés depuis trois quarts de siècle… Un Lyonnais inconnu. Rassurez-vous, vous n'êtes pas le premier à commettre cette confusion, à cause de cette plaque que je garde en hommage. C'est pour moi une sorte de maître bien qu'il ne fût pas historien. Il a été le président du Bureau municipal d'hygiène de Lyon, et on lui doit la découverte de la pénicilline, quarante ans avant Sir Alexander Fleming. On se garde bien de le rappeler. Seule une plaque évoque les découvertes qui eurent lieu ici même, dans les locaux de l'École de santé militaire. Elle se trouve à Cannes, au cimetière du Grand Jas : c'est la plaque mortuaire d'un disciple de Gabriel Roux, le médecin major Ernest Duchesne. Des mots sont inscrits dans le granit : « Au précurseur de l'Antibiothérapie en 1897 ». Chaque jour, en pénétrant dans ce bureau, en jetant un coup d'œil à son nom, je me dis qu'il faut, une fois encore, se montrer digne de l'enseignement de Gabriel Roux : œuvrer non pour la reconnaissance de ses contemporains, mais pour leur bien. C'est pour cette raison que je conserve cette plaque, et je crois qu'à l'instant où je la remplacerai par mon propre nom, de deux choses l'une, ou je me serai hissé à sa hauteur, ou l'orgueil m'aura terrassé. La vie n'a pas encore tranché.

— Et vous êtes...

— Hubert Hynkel, président du CEHRA, autrement dit le Centre d'études historiques rhône-alpin. C'est moi que vous cherchiez ?

Gabriel sortit son portefeuille et lui tendit la carte de visite qui lui semblait la plus appropriée, celle de Pierre Yung. Hubert Hynkel la lut et la posa sur le coin de son bureau immaculé.

Il observa le Poulpe en souriant.

— *Le Monde des Livres...* À votre visage, et n'y voyez aucune offense, on s'attendrait plutôt à ce que vous soyez au service des sports. On dirait que vous venez d'interviewer Mike Tyson...

— Le milieu de la littérature est quelquefois plus dangereux qu'un ring... Dès que l'AFP a diffusé sur le fil l'information selon laquelle la bibliothèque du quai Claude-Bernard avait pris feu, on m'a dépêché sur les lieux. Quand je suis descendu du train, l'incendie faisait toujours rage. J'ai passé une partie de la nuit au milieu de la chaîne humaine, à sauver des incunables. J'ai failli y laisser ma peau...

Hubert Hynkel leva les mains.

— Une méprise en efface une autre... Excusez-moi. Ce qui vient d'arriver à la communauté scientifique lyonnaise est absolument terrible. Les collections ne pourront jamais être reconstituées, du moins en grande partie. Nous avons perdu un fragment de notre mémoire, et comme je l'ai fait inscrire sur les murs du musée de la Résistance qui occupe l'autre aile de ces bâtiments, « en abandonnant le passé on se condamne à le revivre »…

— Il vous arrivait souvent de vous rendre à la bibliothèque ?

Il sauta au bas de son fauteuil pour faire glisser un panneau, découvrant des rayonnages bourrés de livres anciens, des dossiers suspendus gonflés de documents photocopiés, des chemises cartonnées remplies de notes.

— Presque tout ce qui est ici leur appartient. Je me rendais moins fréquemment sous le dôme, ces dernières années. Privilège de l'âge : le conservateur est un ami très proche, et il m'adresse par coursier les pièces dont j'ai besoin pour mes recherches. Je termine un ouvrage sur l'histoire des entrepreneurs lyonnais… Cette ville a généré de très grandes figures comme les frères Lumière, les Berliet, la dynastie des Mérieux, les Gillet, mais on a oublié les Rochet et Schneider, les Cottin et Desgouttes, Cognet de Seynes, et autres Pilain… Je les fais revivre. Même si ce n'est pas le but que j'assigne à l'Histoire, elle peut parfois servir à rendre justice. Mais vous n'êtes pas venu jusqu'ici pour m'entendre disserter sur les pionniers de l'industrie du quartier de Montplaisir...

— Non, mais c'est passionnant. Ne manquez pas de me faire parvenir votre livre, à parution, j'en rendrai compte dans notre supplément. Il y a trois ou quatre ans, j'avais lu un texte remarquable dû à la plume d'un historien lyonnais que vous connaissez peut-être. Je l'avais chroniqué. C'était une monographie sur une ville industrielle au sud de Lyon, Givors... D'habitude, c'est le genre de pensum qu'on laisse sur l'étagère... Là, tous les espoirs et toute la douleur du vingtième siècle coulaient entre les lignes. De l'Histoire rigoureuse et sensible. Son nom m'échappe... Il devait s'appeler Florac ou Florent...

Le visage du professeur Hubert Hynkel s'était assombri.

— Floric. Pierre Floric... J'ai corrigé son manuscrit. C'était un de mes meilleurs élèves, et il faisait partie de ce laboratoire...

Le Poulpe feignit la surprise.

— Je serais très heureux de pouvoir lui serrer la main...

— Je crains bien que vous n'arriviez un peu tard, monsieur Yung. Pierre s'est donné la mort, au printemps dernier, à Caluire, alors qu'il était promis à une brillante carrière. Il n'avait pas quarante ans. Son geste nous a tous profondément affectés.

La banalité du ton contredisait la revendication de compassion.

— Je m'en doute. Que s'est-il passé ? Il a laissé une lettre, quelque chose, pour expliquer son suicide ?

Le président du Centre Gabriel-Roux se pencha vers Gabriel, les coudes plantés sur son bureau, adoptant le ton de la confidence.

— Aucun des collègues n'a rien reçu. Et si jamais une sorte de testament existe, personne n'a souhaité le rendre public... Vous savez, Pierre était pour moi plus qu'un élève, une forme de disciple. À mon retrait, c'est une coquetterie que je préfère au mot « retraite » qui sonne comme une défaite, il ne faisait aucun doute dans mon esprit qu'il occuperait ce bureau. J'ai changé d'avis, un peu plus d'un an avant sa mort...

— Pour quelle raison ?

— Il avait radicalement changé de vie. Comprenez-moi bien, nous ne demandons pas à nos chercheurs d'être des modèles de vertu, mais de gérer discrètement leur vie privée. Surtout ici à Lyon... Il s'est entiché d'une étudiante au physique, je dois le dire, assez spectaculaire, et s'est affiché avec elle dans la ville. Cela a rapidement conduit son mariage à la ruine, et quand j'ai essayé de le raisonner, il a pris mes conseils pour de l'animosité à son encontre, presque de la jalousie. La cohabitation est rapidement devenue impossible, avec moi ainsi qu'avec tous ceux qui travaillent ici. On ne pouvait plus rien lui dire, à ses yeux nous faisions partie d'un complot uniquement fomenté pour lui nuire. Au cours des derniers mois, il ne mettait pour ainsi dire plus les pieds ici...

Rien de ce que venait de lui confier Hubert Hynkel n'entrait en contradiction avec ce que Gabriel avait déjà appris sur Pierre Floric. Il se leva et tendit la main au président du Centre.

— Je vous remercie. Je dois vous quitter : la police donne une conférence de presse. C'est encore officieux, mais ils ont identifié la jeune personne assassinée cette nuit dans la bibliothèque. Une certaine Léa Bargane, danseuse de son état... On se demande ce qu'elle faisait là...

Il vit, l'instant d'un éclair, le petit professeur blêmir, chanceler et faire un effort pour ne pas se laisser retomber sur son siège.

Chapitre 11

La Jungle en Folie

Quand il sortit de l'ancienne École de santé militaire, Gabriel s'arrêta sur les quais pour regarder Notre-Dame-de-Fourvière et la Tour métallique illuminée, réplique cul-de-jatte du chef-d'œuvre de Gustave Eiffel : un simple troisième étage posé au faîte de la colline pour donner l'illusion du vertige. Il traversa une nouvelle fois la presqu'île, puis se dirigea vers le quartier de Vaise par les quais de Saône, distrait dans sa longue marche par le ballet des voitures autour de quelques papillonnes de nuit dont les chairs blanches flashaient dans le faisceau des phares quand, pour attirer les mâles, elles ouvraient les ailes de leur manteau d'un geste vif. Le parking de La Jungle en Folie était encore clairsemé, et les couples préféraient rester dans la tiédeur des voitures, tandis que les employés de la boîte de nuit poussaient, de part et d'autre de l'entrée, deux cages sur roulettes dans lesquelles un lynx et un puma tournaient en rond. L'aire se remplit de carrosseries un peu avant onze heures, et Gabriel profita de la cohue pour entrer après avoir acquitté le droit de passage de 300 francs, rançon de sa situation de célibataire. Dans une alcôve, un éphèbe nu, le crâne recouvert d'un casque colonial, cinglait l'air de son fouet en faisant chanter *La Fille du bédouin* à trois nymphettes en nuisette et au visage voilé. Un premier frisson parcourut la cohue quand il fallut franchir un couloir au sol miroir qui renvoyait aux regards toute la gamme des dessous chics. Au vestiaire, certains se délestèrent du nécessaire et d'autres, déjà, du superflu. Une femme prit place en gloussant sur le tabouret à verge et ses plaintes furent rapidement englouties par la musique techno poussée au maximum. Les plus gros bataillons se dirigèrent vers le sauna, le hammam et le bain à remous. Gabriel abandonna l'essentiel de sa tenue vestimentaire, ne conservant que son slip, et tenta de traverser la piste de danse pour atteindre l'endroit où était déployée la banderole « Couples contre le sida » devant laquelle, sur la photo, Léa dansait entre deux léopards. Il contourna un lit géant au creux duquel s'ébattait une humanité indistincte et fit une halte au bar. Le présentoir des bières était tellement triste à pleurer qu'il se rabattit sur la seule excentricité que s'autorisait le sommelier, une Beccary's Pale brassée à Dublin. La bouteille à la main, il longea les salles de consultation gynécologique où officiaient de curieux spécialistes avant de tomber nez à nez avec l'ancien correspondant véreux d'un journal parisien qui affecta de ne pas le reconnaître. Le Poulpe rendit la politesse à celui qui, reniant les idéaux de sa jeunesse, avait son couvert chez Georges, à la table des caciques du Front national. Ce n'était pas la première fois qu'il se retrouvait dans une boîte à partouzes, et la règle du jeu lui paraissait toujours aussi obscure. Il ne comprenait pas qu'on puisse s'accomplir dans la contemplation de l'humiliation d'un être aimé offert aux autres. Sans être un ayatollah de la fidélité conjugale, il avait appris avec Cheryl que le plaisir était une forme supérieure de la jouissance, une satisfaction débarrassée de la malédiction de l'immédiateté, un bien-être installé dans la durée. Il dépassa une estrade sur laquelle un camelot en petite tenue éprouvait les qualités d'une poupée aux longs cils et à la poitrine fuselée. Un produit hi-tech en latex et silicone. Le squelette articulé de Real Doll, nom qu'il ne cessait de lui susurrer à l'oreille, lui permettait de se maintenir dans n'importe quelle position, et justifiait le chèque de 25 000 francs qu'il fallait signer pour l'adopter. Gabriel marchait au milieu des couples agglutinés, tout en expérimentant l'étrange impression de n'être pas présent là où il vivait. Il ne fut ému qu'une fois au cours de son périple, à la vision d'images du début du siècle d'avant, projetées sur un écran au fond d'un antre. Du noir et blanc muet, saccadé, qui mettait en scène dans la moiteur feinte d'une jungle de studio, la rencontre intime d'un faux Johnny Weissmuller et d'une Louise Brooks, approximative. Le charme fut rompu quand au moment ultime les spectateurs, des habitués d'évidence, poussèrent avec un bel ensemble le cri de Tarzan. Il atteignit enfin le calicot sous lequel on avait dressé une table qu'occupait un couple en vêtements de ville. Rares cheveux argentés pour lui, permanente bleutée pour elle, ils affichaient une soixantaine épanouie et distribuaient aux clients frénétiques de La Jungle en Folie, des préservatifs qu'ils prenaient par poignées dans des cartons posés à leurs pieds. La musique, une version remixée du *Bambino* de Dalida, était moins assourdissante dans cette partie de la boîte ; il n'en fallait pas moins s'approcher au plus près de l'oreille de son vis-à-vis pour avoir une chance de se faire entendre. Il déclina la provision de capotes qui lui étaient offertes et planta son nez dans les mèches laquées d'azur de la femme.

— Vous savez si Léa doit venir ?

Il tourna la tête pour recevoir le message en réponse. Sa voix, haut perchée, rassura Gabriel sur le bon fonctionnement de ses tympans. Il serra les dents.

— Il est trop tôt pour elle… Quand elle a décidé de nous aider, elle n'arrive jamais avant une heure du matin. Allez voir Membrator, il doit être au courant…

Ils faillirent se cogner le crâne quand Gabriel pivota.

— Membrator ! Qui est-ce ?

— Vous êtes nouveau ici… C'est comme ça qu'on appelle Francis, le disc-jockey. Ils sortent ensemble.

Le Poulpe clapota dans un marigot infesté de célibataires aux aguets. Plus loin, des amateurs se pressaient autour d'une croix de Saint-André vers laquelle des officiants cuirassés traînaient une fille enchaînée apparemment réticente. Le studio de sonorisation avait été aménagé à la manière d'un peep-show, une aire centrale flanquée d'une série de cabines individuelles d'où l'on pouvait, tout à loisir, observer les gesticulations du maître des lieux. Gabriel attendit qu'une niche se libère pour prendre place sur la banquette de velours rouge. Le type lui tournait le dos, et faisait de la dentelle, au sampler, sur un titre des Connektik. Tous les muscles de son anatomie vibraient au rythme de la house, ses cheveux blonds ondulaient sur ses épaules. Quand il se retourna, pour satisfaire la curiosité de l'autre moitié de son public, Gabriel reconnut en Membrator le motard au regard noir qu'il avait croisé dans l'escalier ajouré du quartier d'Ainay, un siècle plus tôt, alors que Pierre venait de se suicider. Membrator l'identifia dans la même seconde. Son regard était chargé de la hargne que le même motard, casqué cette fois, avait mise à frapper le Poulpe, la veille, dans l'appartement de Léa.

Gabriel sentit une présence à ses côtés. Une jeune femme aux traits marqués venait d'appuyer sa joue contre son bras. Une cigarette tremblait entre ses lèvres.

— Je ne sais pas ce que tu lui as fait, à Francis, mais on dirait qu'il ne t'aime pas beaucoup... Il a fait ses yeux de braise, et moi, je cherche du feu...

Le Poulpe emprunta un briquet à son voisin, fit jaillir une courte flamme.

— Il n'a pas apprécié de me croiser, hier, avec Léa... Au fait, tu ne l'aurais pas vue ce soir ? Elle est introuvable...

Elle fit lentement sortir la fumée de sa bouche.

— Elle ne risque plus de revenir après ce qui s'est passé... C'est pour ça qu'il est nerveux. Ce n'est pas seulement à cause de la musique qu'il trépigne...

— Tu parles par énigme... Ils ne sont plus ensemble, tous les deux... Ils se sont engueulés ?

En tremblant de plus belle, elle brandit sa cigarette devant le nez du Poulpe.

— Je ne vais pas bien... Tu n'aurais pas quelque chose de plus fort ?

Il était à deux doigts de dire non quand il se souvint de la préparation de Zill. Il prit la camée en manque par le bras, et l'entraîna vers les vestiaires où il récupéra la fiole, dans sa veste. Elle en ingurgita la moitié sans respirer et sans prendre l'élémentaire précaution d'en demander la composition que Gabriel, d'ailleurs, eût été bien en peine de lui fournir... Il récupéra le flacon, et attendit que sa fébrilité s'atténue pour reprendre la conversation.

— Alors, tu me parlais de ta copine Léa...

Elle tendit la main.

— Redonne-moi encore un peu de ton truc... Ça calme vraiment...

— On discute cinq minutes, et je te promets que le reste est pour toi... Tu me racontais qu'elle ne se pointerait plus jamais à La Jungle en Folie, et que c'est ça qui rendait Membrator nerveux dans sa cage de verre...

— Les journaux n'ont pas encore eu le droit de l'écrire, mais ça circule partout dans Lyon... La fille qui est morte dans l'incendie de la bibliothèque, c'est Léa, et Francis a tout juste réussi à sortir des griffes des flics, ce soir, pour être fidèle au poste. Il a un alibi en béton, tout le monde l'a vu devant ses platines, moi la première, jusqu'à deux heures du matin, et à ce moment-là, on avait déjà retrouvé le corps...

Elle se remit soudain à trembler.

— Il faut que tu me redonnes à boire, pour que je sois en forme quand les flics viendront me cueillir à mon tour... Sois sympa... Donne la bouteille...

— Tu n'as rien à craindre si tu étais là, toi aussi...

— Ils s'en foutent, tu ne les connais pas. Rien que pour me faire chier, ils sont capables de me laisser seule pendant deux jours dans une cellule, en garde à vue... Je ne suis pas en état de le supporter...

Gabriel commença à dévisser le bouchon de la fiole.

— Pourquoi feraient-ils une chose pareille... Ils n'ont aucune raison...

Son regard était rivé au mouvement de la capsule d'aluminium.

— Ils se souviennent de nous, et surtout de moi, parce que je tenais le flingue au moment où ils sont arrivés... Alors que ce n'était pas moi qui avais tiré...

Le goulot du flacon était maintenant libre.

— Tu parles de qui, de quoi, de quand ?

— De la fusillade des Capucins, il y a six ans maintenant... On était toute une bande à squatter l'appartement que Léa habitait. Des anars, des loubards, et surtout pas mal de fêtards. C'était mieux qu'ici, au début, question ambiance, et il y avait toujours quelque chose de bien à se mettre dans le nez... Sauf qu'un jour quelqu'un a fait circuler du crack. Des cristaux de première... On ne connaissait pas bien les effets, à l'époque, et deux potes sont devenus complètement givrés. Les voisins ont appelé les flics, mais quand les poulets ont montré la visière de la casquette, ça s'est mis à canarder depuis notre balcon. Ils ont donné l'assaut, et c'est moi qu'on a retrouvée avec le flingue entre les doigts, et je te jure qu'aujourd'hui encore je ne sais pas comment il m'est arrivé dans la main... Ils ont embarqué Léa, Francis, ma pomme et Béraut... Ils sont tous ressortis blancs comme neige. Sauf moi. Heureusement, mon avocat a demandé que les flics me fassent le test de la paraffine, le truc qui prouve que c'est bien toi qui as tiré, à cause des traces de poudre brûlée, sur la peau... Il n'y avait rien. Il paraît que je m'en suis bien sortie en prenant seulement huit mois fermes...

Le Poulpe lui tendit le breuvage de Zill qu'elle éclusa en un seul mouvement de la glotte, puis elle frissonna, les yeux clos, et un sourire enfantin pacifia son visage. Il comprenait maintenant les raisons qui avaient pu amener les enquêteurs à faire le silence sur le nom de Léa Bargane, même si un correspondant s'était laissé aller à lever l'embargo, une fois, sur *France Info*. Gabriel s'apprêtait à se mettre debout pour aller récupérer ses vêtements quand les deux athlètes à tête de léopard vinrent se planter devant lui.

— Qu'est-ce que tu étais en train de lui vendre ? Ici, on ne tolère pas le moindre gramme de produits illicites. Tu sors, sans faire d'histoires...

Il se mit debout, bomba le torse, rajusta son slip et les précéda en adoptant la démarche la plus digne dont il était capable. Au vestiaire, on lui jeta ses affaires roulées en boule. Ce fut dehors derrière la cage du lynx, qu'il prit sa deuxième avoinée lyonnaise. Il regretta un long moment, tandis que la bête affamée le fixait en se léchant les babines, que Zill ne soit pas là pour panser ses plaies. Il rampait sous la roulotte pour regagner le quai au plus court quand la bestiole, soudain dédaigneuse, se mit à pisser.

Des limiers débutants auraient sans problème suivi sa trace fauve jusqu'à Bellecour.

Chapitre 12

Ceux-ci sont de Lyon

Zill ouvrit la porte au premier grattement et laissa le passage à Gabriel, une grimace aux lèvres. L'odeur en imposait, d'entrée, aux effluves ancestraux des Violla.

— Quelle infection ! D'où tu sors ? Tu es tombé

nez à nez avec le Griffon, cet animal fabuleux à tête d'aigle et corps de lion qui hante les pentes de la Croix-Rousse ?

— Non, j'aurais préféré... Je me suis fait rouer de coups par des léopards avant de me faire compisser par un lynx... Et tout ça sur les bords de Saône... Tu n'aurais pas, en réserve, un peu de ton produit miracle ?

Le fondateur du *Sapeur sans Tablier* renâcla.

— Je ne veux pas que tu imploses. Tu t'en es pris un quart de litre dans la journée, je crois que c'est suffisant...

Les effets du Poulpe, veste, pantalon, chemise, marcel, slip, chaussettes, traçaient une frontière fétide qui cheminait à travers les pièces et conduisait à la salle de bains.

— J'ai été obligé de jouer les assistantes sociales, dans la boîte ; c'est une camée en manque qui a tout bu... Elle connaissait bien Léa Bargane et son mec en titre, Francis, le disc-jockey topless de La Jungle. Il y a cinq ou six ans, ils ont tous trempé dans une histoire de snipage de flics, aux Capucins, et c'est elle qui a tout ramassé. Huit mois fermes. Tu n'aurais pas suivi cette affaire, à l'époque ?

Zill s'arrêta de piler les médicaments dans le mortier.

— Non, j'étais encore libraire et j'affrontais avec vaillance tous les problèmes inhérents au petit commerce. L'Urssaf, les caisses de retraite, les impôts, les huissiers... J'en ai vaguement entendu parler, par la suite… Avec Frérot, l'artificier antisémite d'Action directe, c'est l'un des épisodes de la légende noire de l'ultra-gauche lyonnaise que les moines se racontent, dans les rades, en ayant l'impression d'être à la pointe du combat. Je ne me souvenais pas que la fille dont s'était entiché Pierre avait trempé dans ce merdier, sinon je l'aurais prévenu. Il faudrait que je vérifie si elle a plongé, et de combien…

— D'après ce que j'ai compris, bien que l'appartement lui appartienne, elle est passée au travers des mailles du filet. La camée de La Jungle m'a également lâché le nom de Béraut. Tu sais qui c'est ?

Pour lier la poudre, Zill versa la valeur d'un bouchon de gin sur les médicaments pilés, avant d'éparpiller à la surface un carré gros comme un caramel à un franc d'une matière brune.

— Le seul Béraud que je connaisse, Henri de son prénom, était au sommaire du numéro deux du *Sapeur*, quand j'ai reçu mes premières menaces de mort courageusement non signées… Pour être tout à fait sincère, l'idée de mon canard m'a été soufflée par lui bien qu'il soit mort alors que je n'avais que dix ans. Il en avait déjà créé un, avant la guerre de 1914, et comme il était à Lyon, il l'avait baptisé *L'Ours*… J'avais repris un de ses éditos où il explique que, pendant la Révolution, il s'envoyait ici 45 % de lettres anonymes de plus qu'à Paris… Je me souviens de cette phrase : « *Il faut avoir signé des articles un peu tapageurs pour connaître l'étendue de la lâcheté, de la candeur et de la canaillerie lyonnaises.* » C'est beau comme de l'antique ! J'ai reçu les félicitations de l'Action française pour l'hommage rendu au polémiste... Le problème, et j'étais à ce moment-là assez con pour l'ignorer, c'est que Béraud s'y est mis lui aussi, à la dénonciation. Et dans les grandes largeurs ; il est devenu le pilier de la feuille antisémite et pronazie *Gringoire*. Condamné à mort, il a échappé de peu au peloton d'exécution, à la Libération. Cette précision à l'usage des jeunes générations figure dans le numéro trois du *Sapeur* sous le titre « Ceux-ci sont de Lyon » ! Tiens, bois...

Le Poulpe sortit de sous la douche, passa un peignoir et ingurgita un demi-verre de la mixture que lui tendait Zill. L'effet de mieux-être fut immédiat, et il se baissa pour ramasser ses fringues, les fourrer dans un sac afin de les porter au pressing dès l'ouverture.

— On ne doit pas parler du même. Le Béraut qui m'intéresse doit avoir entre vingt-cinq et trente-cinq ans. D'après ce qu'elle m'a raconté, il exercerait toujours ses talents dans le secteur, mais je ne sais ni dans quel domaine ni dans quelle ville...

— Pourquoi ne lui as-tu pas posé la question ?

— J'en avais l'intention, sauf que j'avais oublié de me munir de mon tabouret protecteur, de mon fouet, et les léopards étaient assez mal élevés… Je vais en être réduit à prendre le minitel et tapoter le 3615 Annu…

— Tu peux peut-être essayer d'aller faire un tour chez Mama…

— Ta mère est dans le coup ?

La claque affectueuse de Zill réveilla les douleurs assagies du Poulpe.

— C'est une pizzeria de la Croix-Rousse tenue par une Grecque, Pristina Mamadopoulos, ça ne s'invente pas ! Elle s'est installée il y a plus de vingt-cinq ans, au moment où son pays était sous la coupe au carré des colonels, et que Zorbec le Gras était obligé de danser le sirtaki au pas de l'oie. L'ancien bouchon est rapidement devenu le point de ralliement de tout ce que Lyon comptait alors de mouvements, de micro-organisations d'extrême gauche. Grâce à Mama, l'unité du mouvement révolutionnaire était enfin réalisée. Même le parti communiste français s'était mis au tarama et à la moussaka. On refaisait le monde au retsiné, on formait des brigades internationales en nettoyant les assiettes de tazikis, de dolmas… Il y a trois ans, je suis allé passer deux semaines de vacances en Crète, et je me suis retrouvé, par hasard, dans le bled dont elle est originaire, Ayios Nikolaos. Dès que j'ai prononcé son nom, dans la petite auberge où j'étais descendu, la qualité du service a baissé.

— Comme quoi il faut toujours faire gaffe avec les langues étrangères… Mamadopoulos, c'est peut-être une insulte en crétois…

— Pire que ça, une malédiction... Dire du bien de Mamadopoulos là-bas, c'est comme si, à Lyon, un touriste allemand plutôt âgé se recommandait de Gueule Tordue, l'ancien champion cycliste doriotiste recruté par la gestapo... Une famille de collabos, les Mama, etc. En fait, elle était venue en mission, juste après le coup d'État, et surveillait les exilés pour le compte du consulat. À table, on ne se méfie pas ; on ouvre la bouche pour manger et on en profite pour parler... Après la chute du régime militaire, elle a préféré se faire oublier, et d'après ce que je sais, depuis, elle passe ses vacances en Serbie...

Gabriel vint se poser dans un fauteuil, face à Zill.

— Qu'est-ce que tu veux que j'aille lui demander ? La recette du risola kirini... Tu crois que mon Béraut a quelque chose à voir avec les Hellènes ?

— Tu devrais dormir quelques heures : ton système nerveux est passé en économie maximale. Normalement, tu n'as pas besoin d'explications de texte ! Elle connaît tout de ce qui grenouille dans cette ville, et si ton Béraut est mouillé avec la bande des tireurs fous des Capucins, il s'est obligatoirement épanché devant l'une de ses tables. C'est dans le même quartier. Tu t'installes tranquille. Au moment de l'addition, signale-lui que tu viens de la part de Zill et pose-lui tes questions. Elle sait que je sais, pour ses activités consulaires et que je n'abuse pas de mon avantage… Tu auras tes réponses. En plus, il y a toutes les chances pour que la note passe à la trappe.

— Je te remercie. Et toi, tu avances sur les meurtres de travestis ?

— Je t'expliquerai, mais si on te demande où j'étais cette nuit, je faisais dodo à la maison. Profite du lit, il est encore chaud…

Le Poulpe suivit le conseil de Zill. Quatre heures de sommeil réparateur et un ensemble frais repassé plus tard, il arpentait une nouvelle fois les pentes de la Croix-Rousse. La pizzeria de Mama Pristina se trouvait à l'ombre de l'église Saint-Polycarpe, rue Burdeau, façade bleu-blanc, colonnes doriques en trompe-l'œil de part et d'autre de la porte, brochettes alignées derrière la vitrine réfrigérée, cartes décorées d'un soleil couchant sur le péristyle du Parthénon. La table ronde centrale était occupée par une dizaine de convives en goguette. Des étudiants pour une moitié, et pour l'autre des quadragénaires qui auraient pu être leurs parents, malgré leurs jeans avachis, leurs blousons de cuir, leurs santiags éculées. Gabriel délaissa le plat du jour, des calamars frits, et s'offrit des gambas à la nage. Le type qui présidait aux agapes, un fort en gueule aux traits marqués par la fréquentation des zincs et qui semblait jouir d'un certain ascendant sur ses compagnons, réglait leur compte à tous les « ismes » de l'histoire. Anarchisme, communisme, stalinisme, trotskisme, guevarisme… Entre deux bouchées d'agneau, il jonglait avec les millions de morts, de déportés, prenant souvent le temps de se rincer les lèvres au beaujolais avant de repartir en croisade. À deux ou trois reprises, le Poulpe eut envie de l'interrompre pour lui demander si sa liste était tenue à jour, s'il avait entendu parler du nazisme, du polpotisme… L'appétit coupé, il repoussa son assiette, laissant deux crevettes rescapées continuer à nager dans la sauce. Quand la patronne se pencha pour desservir, il approcha la tête de la sienne.

— Un café serré, puis l'addition… Je viens de la part de Zill. Il est en déplacement à Ayios Nikolaos, et il m'a chargé de vous poser deux ou trois questions…

Elle lui signifia son accord par deux battements des paupières avant de lancer en direction des cuisines :

— Un café serré et l'addition…

Gabriel fut à deux doigts de la féliciter pour son professionnalisme quand elle se courba à nouveau pour prendre les couverts, l'assaisonnement.

— Faites comme si vous alliez aux toilettes, il y a une porte à gauche…

Il prit le temps de boire son expresso avant de se diriger vers les lieux. Pristina Mamadopoulos l'attendait dans la réserve où ronflaient deux gros congélateurs.

— Je n'ai pas beaucoup de temps à vous consacrer. On a du monde, vous choisissez vraiment mal votre moment... Qu'est-ce que Zill cherche à savoir ?

— Une de ses disquettes s'est effacée... Il ne se souvient plus tout à fait du curriculum d'un certain Béraut qui fréquentait les cow-boys des Capucins...

La lueur qui anima furtivement ses yeux montra qu'elle avait la solution au problème informatique de la rédaction du *Sapeur*, mais elle fit semblant de se donner un délai décent de réflexion.

— Il venait souvent avec une très belle fille qui habitait pas loin, en effet. Mais ça remonte... Béraut... André Béraut. Toujours une pipe à la bouche, avec une bonne odeur de tabac parfumé. Je me rappelle qu'il faisait des études d'histoire, et qu'il a bossé pendant un bout de temps, comme nègre, pour le président du conseil régional Rhône-Alpes. Un livre sur l'industrie, mais ce n'est pas sûr, c'est peut-être sur le commerce... Même que ça lui était monté à la tête.

— Et aujourd'hui, où est-ce que je peux le rencontrer ?

Elle fit une moue, tortilla la tête sur ses épaules.

— À mon avis, ça ne vous coûte rien d'aller voir dans les bureaux du Centre Gabriel-Roux, c'est un peu plus bas, en descendant sur l'Université...

Contrairement aux pronostics de Zill, on ne lui fit pas cadeau de son repas qu'il acquitta au moyen d'une des cartes à puce clandestines de Pedro. Gabriel s'apprêtait à lever le camp, lorsque le cuisinier posa un énorme gâteau planté de quarante bougies allumées devant le type qui avait agoni son repas de propos oiseux. Pour son malheur, il fallut qu'il en rajoute.

— Noam Chomsky a parfaitement raison. La seule position tenable pour un révolutionnaire, c'est la défense de la totale liberté d'expression. Et je dis bien totale. Pour le Ku Klux Klan, pour les nationaux-socialistes, pour les historiens révisionnistes. Si la démocratie est aussi forte qu'elle le prétend, qu'a-t-elle à craindre de ses ennemis ?

En contournant la table ronde pour gagner la sortie, le Poulpe trébucha et s'affala contre le dos de l'orateur dont la tête piqua vers la chantilly qui absorba la moitié du visage. Les bougies lui faisaient comme une auréole. L'assistance, un instant stupéfaite, s'esclaffa. Gabriel en profita pour s'éclipser, mais il fut rattrapé par la patronne.

— Je vous ai vu… Vous l'avez fait exprès. C'est de cette manière que les amis de Zill me disent merci ?

— Je suis désolé. Je n'ai pas pu m'en empêcher. Je vais avoir quarante ans, moi aussi, et des fois, ça fait du bien de voir des quadras punis…

Chapitre 13

Chiapas 94

En passant près d'un kiosque, il comprit pourquoi Zill insistait tant pour avoir officiellement dormi dans son lit. Après l'assassinat de deux travestis et du conseiller général grenoblois, le parc de Miribel-Jonage venait d'être le théâtre d'un nouveau crime. Tous les journaux lyonnais barraient leur une avec des photos des Eaux-Bleues, le principal plan d'eau où le corps d'un honnête père de famille du quartier des Terreaux avait été retrouvé, étranglé avec l'un de ses bas résille. Les articles annonçaient la création d'une cellule de crise réunissant les principaux responsables de la police et de la gendarmerie. La mairie réclamait le déploiement dans l'espace de loisirs de forces permanentes dotées, la nuit, de jumelles infrarouges. L'incendie volontaire de la bibliothèque et la mort par balle d'une femme que personne encore ne savait être Léa Bargane, n'avaient même plus droit à une seule ligne. Pour le Poulpe, il était certain que l'enquête dans les milieux des libraires d'occasion annoncée la veille, à grand renfort de trompe, n'était déjà plus de saison. Quand il passa sur le quai, on dressait une palissade autour de la statue représentant Claude Bernard en costume de laboratoire, le tablier aux reins, due au burin expert du sculpteur lyonnais Aubert. Des pompiers en faction près d'une lance déroulée guettaient une improbable reprise des flammes, tandis qu'en une file ininterrompue des volontaires continuaient à sortir des décombres des livres mutilés, noircis, boursouflés comme des éponges, des mérous. Les façades austères du Centre Gabriel-Roux se dressaient un pont plus loin. Il grimpa directement au quatrième étage où la secrétaire mutique avait retrouvé l'usage de sa voix.

— Si vous cherchez le professeur Hynkel, il est en face, au musée...

— Non, je ne voudrais pas abuser de sa patience... Vous pouvez me dire si monsieur André Béraut est actuellement dans ces murs ?

La pointe de son index recourbé désignait le plancher.

— Il travaille au premier sous-sol. Prenez l'ascenseur, son bureau est juste en face de vous quand vous sortez...

La machinerie, qui tenait davantage du monte-charge que de l'ascenseur, devait dater des dents de lait de Roux et des culottes courtes de Combaluzier. Après une série de hoquets d'ajustement, elle le déposa au cœur d'un réseau de couloirs sombres percés d'alvéoles obturés par des portes métalliques. Un rai de lumière s'échappait sous l'une d'elles. Il s'en approcha et cogna à l'aide de son poing fermé. Les coups résonnèrent de manière sinistre dans les profondeurs. Un type d'une bonne trentaine d'années, d'allure banale, vint lui ouvrir et le toisa d'un air méfiant.

— C'est pourquoi ? J'avais demandé à ne pas être dérangé…

— Pierre Yung, journaliste au *Monde des Livres*… Je fais un papier sur l'incendie de la bibliothèque, et le professeur Hynkel m'a conseillé de vous rencontrer… Vous êtes bien André Béraut… Je peux entrer ?

À sa réaction, un masque facial plus imperméable encore que le blindage de la porte, le Poulpe comprit qu'il avait commis une bévue.

— Je l'ai appris par la radio et la télévision. Je ne vois pas ce que je peux vous apprendre. Excusez-moi, mais j'ai du travail en retard…

Gabriel mit un pied dans la pièce, à la manière d'un vendeur au porte-à-porte payé à la commission qui doit absolument, pour croûter, fourguer son aspirateur ou son encyclopédie médicale en quinze volumes.

— Vous étiez un utilisateur privilégié, en tant qu'historien… J'ai juste besoin d'une réaction, savoir comment vous allez suppléer au manque…

Béraut désigna les étagères de son antre, pleines de cartons, de liasses, de dossiers, les documents entassés sur le ciment.

— Je ne suis pas historien. J'ai écrit quelques articles, quelques contributions… Pour le moment, j'archive, je regroupe. Des réserves de papiers non référencés, il y en a tout le long du couloir, dans toutes les anciennes cellules. Même si on doublait les effectifs de mon service, il y en aurait pour des années à établir leur classement. C'est peut-être moins spectaculaire que la recherche pure, mais c'est tout aussi nécessaire. Je ne bouge pas d'ici, et je n'ai pas assez de loisirs pour fréquenter la bibliothèque interuniversitaire.

Gabriel tenta d'imaginer le lieu où ils se tenaient dans son affectation antérieure.

— Quand vous dites que ce sont d'anciennes cellules, vous parlez de quelle époque ?

Un petit sourire vint se poser sur ses traits.

— La dernière fois, c'était dans les années quarante. Là-haut, le Centre Gabriel-Roux abritait les services administratifs de la gestapo, le staff de Klaus Barbie, et là où nous nous trouvons c'était, pour être bref, les ateliers de production du renseignement... Ceux qui refusaient de se montrer raisonnables dans les étages supérieurs échouaient ici. Jean Moulin a occupé la cellule contiguë à mon office...

Gabriel ne se sentait pas à l'aise, une bouffée d'angoisse lui serrait la gorge et il dut prendre sur lui pour faire refluer un accès de claustrophobie.

— Ça ne doit pas être facile tous les jours de s'enfermer dans des endroits où l'histoire pèse si lourd... Le professeur Hynkel m'a longuement entretenu de ce collègue du Centre qui s'est pendu, l'année dernière... Il a l'air d'avoir été drôlement secoué... C'est quand vous avez cité

106

Jean Moulin que cela m'est revenu... Ce Pierre Floric s'est suicidé à Caluire dans la maison...

Béraut termina sa phrase.

— ... du docteur Dugoujon, là où Jean Moulin a été arrêté dans des circonstances toujours non élucidées. Le Centre Gabriel-Roux, c'est une petite unité. Tout le monde a été bousculé par cette mise en scène macabre...

— Une dernière question, monsieur Béraut... Vous connaissiez cette fille avec laquelle il sortait, Léa Bargane ?

Il fit un pas vers le Poulpe pour refermer la porte, mais l'étroitesse de sa carrure le désavantageait.

— J'ai des choses beaucoup plus intéressantes à faire que de m'occuper des affaires de cul des collaborateurs du Centre. Ils font ce qu'ils veulent. Je crois que nous n'avons plus rien à nous dire, monsieur... Yung...

Le brassage d'air provoqué par sa tentative de fermeture de la porte souleva une photo scotchée sur un des montants d'étagère. Gabriel tendit le cou pour jeter un regard sur le cliché. André Béraut, la pipe entre les dents, posait encadré par deux hommes en armes dont les visages étaient dissimulés par des cagoules, au milieu d'une végétation équatoriale. Une mention manuscrite précisait : « Mexique 1994, EZLN ». Il pointa le doigt.

— C'est vous là ?

— Oui, quand j'étais en Amérique latine. J'y suis resté un an…

Gabriel aurait bien aimé apprendre de sa bouche ce qui amenait un sniper des Capucins, devenu apparemment un sympathisant de l'Armée zapatiste de libération nationale du sous-commandant Marcos, à faire le nègre pour le président lyonnais d'un conseil régional allié aux bas du Front, mais il n'en eut pas l'opportunité. Et accessoirement, comment un dirigeant politique rhône-alpin pouvait gommer aussi facilement le passé sulfureux de son ombre d'encre. La porte de la cellule claqua comme une lame de guillotine, renfermant Béraut sur ses secrets.

Chapitre 14

Lumière brune

La bibliothèque municipale, détentrice du fonds Nostradamus, occupait une tour-silo face à la gare de La Part-Dieu, à deux pas du centre commercial, dans l'ombre poilée d'un building en forme de crayon mal taillé. Gabriel emprunta le labyrinthe aérien des passerelles encore existantes pour s'en approcher, observant de loin les interminables suppositoires à grande vitesse orange, gris ou bleu, qui sillonnaient le quartier. Il n'eut pas besoin de prendre de carte ni de décliner son identité pour accéder à la salle régionale. La banque de données était vierge de toute bibliographie au crédit de Béraut, mais elle lui indiqua que Jacques Blanchillon, l'homme politique, avait effectivement publié un ouvrage à prétention historique, trois ans auparavant, classé dans la section des écrits régionalistes. *« Lyon, carrefour marchand »*, deux cents pages grand format abondamment illustrées de gravures, plans, fac-similés et photos, retraçait les efforts commerciaux des habitants d'entre Rhône et Saône, depuis le marché gréco-asiate créé sur les pentes de la Croix-Rousse par la tribu gauloise des Ségusiaves, jusqu'à la réunion des chefs des États les plus puissants du monde, le G7, en 1996, événement dont la considérable portée avait, semble-t-il, justifié la sortie du livre. En fin de volume, dans la longue liste des gens remerciés en caractères minuscules par l'auteur, deux noms apparaissaient l'un au-dessous de l'autre, André Béraut, archiviste, et Hubert Hynkel, président du Centre Gabriel-Roux.

Il s'abrita du vent glacial qui balayait l'esplanade en entrant dans une cabine vitrée. Pedro décrocha immédiatement, et le Poulpe imagina son vieil ami, rallumant au chalumeau la boyard maïs coincée entre ses lèvres, la table encombrée de papiers, d'outils de faussaire, le volume impressionnant de la cale de la péniche échouée aux parois garnies de livres.

— Salut Pedro, je suis à Lyon, et j'aurais besoin de tes lumières…

— Elle est amusante bien que moyennement drôle… Je ne suis pas souvent d'accord avec les décisions de l'État bourgeois, mais quand ils ont mis au pilon des millions de billets tout neufs, tout craquants, à l'effigie des deux frangins après s'être aperçus, avec cinquante ans de retard, qu'ils roulaient pour monsieur Hitler et pour monsieur Mussolini, eh bien je dis bravo ! Sur quoi, sur qui, veux-tu que je t'éclaire ?

— Un archiviste du secteur dont le parcours est des plus sinueux… Je t'expliquerai la prochaine fois que je passe à Villeneuve-la-Garenne, sinon il y en a pour des heures… J'ai vu une photo où il se pavanait avec des guérilleros de l'EZLN, au Chiapas, en 1994… Tu pourrais essayer de vérifier la réalité de son passage auprès de tes contacts chez les hommes à tête de chaussette ?

Gabriel l'entendit tirer sur son mégot.

— Un peu de respect pour les derniers combattants révolutionnaires de l'histoire, je te prie… Il s'appelle comment ton gus ? Et où est-ce que je t'envoie la doc ?

Le Poulpe sortit le dernier numéro du *Sapeur* de sa poche et le déplia.

— André Béraut. Trente ans. Trente-cinq maxi… Je passe plusieurs fois par jour chez mon pote Zill Dagona. Je sais que tu as son téléphone et son fax. Il s'est connecté à la toile depuis un mois, tu notes son e.mail ? C'est saptab@lyon.com.

Le deuxième coup de fil fut pour une Cheryl assez distante qui avait reçu deux appels à son intention, en provenance de Lyon. Un certain Dominique Pravaz, qui se présentait comme un ami de Pierre Floric, avait des confidences à lui faire. Il n'avait pas souhaité laisser ses coordonnées, mais le Poulpe pouvait le rencontrer tous les soirs de la semaine, entre six et huit, dans la salle du Bartholdi, sur la place des Terreaux où il avait pris l'habitude de corriger ses copies. Après avoir traversé le quartier des Brotteaux, et franchi le Rhône en métro, Gabriel contourna la fontaine dont on avait supprimé l'alimentation en eau alors que les clochers de la ville mêlaient leurs volées de cloches pour marquer six heures. L'homme était seul dans le coin de la salle décorée de bois et d'acier. Il plaçait avec minutie ses piles de feuilles et ses cahiers, ses crayons, devant lui sur la table.

— Je suis à la recherche de monsieur Dominique Pravaz. C'est bien vous ?

Il se leva et lui tendit la main.

— Et vous êtes Gabriel Lecouvreur… Pierre m'a souvent parlé de vous. Vous lui aviez fait grande impression pendant tout ce temps que vous avez passé ensemble dans les cachots de la Grande Muette… J'aurais dû vous contacter plus tôt, mais je n'aurais pas su quoi vous dire…

Ils commandèrent deux Priest-Lager pression qu'on leur servit «mode», dénaturées par une rondelle de citron fichée sur le bord du verre.

— Qu'est-ce qui vous a décidé à vous mettre en contact avec moi ?

— Un bruit qui commence à courir de façon insistante dans la ville, et selon lequel la fille retrouvée assassinée au cœur de l'incendie s'appelait Léa Bargane...

Le Poulpe enleva la tranche d'agrume, et essuya le verre avant d'y porter les lèvres.

— Je peux vous confirmer l'information... Vous la connaissiez ?

— Oui, et c'est absolument incroyable qu'elle se retrouve impliquée dans la destruction de la bibliothèque... Je l'ai vue une fois, il y a un an et demi... On a mangé ensemble, dans un chinois. Pierre en était tombé amoureux fou, et il la présentait à tous ses amis.

— Elle valait le coup d'œil...

— Oui. Il n'en revenait pas d'être au bras d'une telle fille. Tout au long de la soirée, j'ai eu le sentiment qu'elle donnait le change, qu'elle jouait le jeu, qu'elle ne ressentait rien pour lui. Elle ne s'intéressait même pas à ses recherches. Il était aveugle. Je n'ai rien d'autre que cette impression pour étayer ce que j'avance... De plus, lors de nos précédentes rencontres en tête à tête, il ne parlait que des magouilles des mandarins de l'université, des passe-droits, des recrutements par piston qui étaient, selon lui, devenus la règle. Il n'hésitait pas à citer ces grands noms de la recherche qui collationnent les travaux de leurs élèves et les publient sous leur nom...

Gabriel but une gorgée de bière.

— Je ne m'en souviens pas comme de quelqu'un d'aussi naïf… On sait bien de quelle manière ça fonctionne, une institution. Elle est aux mains d'un clan qui s'autoreproduit, et celui qui veut faire carrière doit en respecter les lois… J'ai lu des dizaines d'articles de presse sur l'une des universités lyonnaises passée en presque totalité sous la coupe de l'extrême droite, avec leur « Institut d'études indo-européennes » qui vient d'ailleurs de se saborder. Ils avaient poussé le vice jusqu'à recruter comme professeur de langues un faux druide breton et véritable néonazi qui s'est autobaptisé Goulven Pennaod. Pierre avait tout une documentation sur ce type dans son dossier concernant Marius Berliet et son biographe, l'hitlérien Saint-Loup. C'est ces gens-là qu'il avait dans le collimateur ?

Dominique Pravaz remua la tête en signe de dénégation.

— Il les combattait, c'est certain. À ses yeux, ils étaient moins dangereux car clairement identifiés, et des associations très actives, comme le Comité antifasciste, leur tannaient le cuir. Une image revenait toujours dans sa bouche : tout ça, c'est la partie visible de l'iceberg, ce qu'ils acceptent de montrer pour que le reste demeure à tout jamais caché aux regards… C'était devenu une véritable obsession, et le seul aspect positif que je vois à sa liaison avec cette fille, c'est que sur ce terrain-là, il s'était calmé… Certains de

113

ses collègues avec lesquels j'ai discuté, et qui tenaient à dire qu'ils l'aimaient bien, le prenaient pour un redoutable paranoïaque... Son suicide dans la maison du docteur Dugoujon n'a pas infirmé leur diagnostic, loin de là...

Gabriel saisit la balle au bond.

— Si ce n'est pas indiscret, vous pouvez me donner les noms de ces collègues ?

— Si j'avais quoi que ce soit à dissimuler, je ne vous aurais pas téléphoné. Dès qu'ils vont apprendre que Léa est morte assassinée, ils vont se poser les mêmes questions que moi... J'ai rencontré celui qui dirige le Centre Gabriel-Roux, le professeur Hubert Hynkel, et j'ai croisé un jeune archiviste très actif avec lequel Pierre était entré en conflit...

— André Béraut...

Pravaz, interloqué, se donna le temps de la réflexion en vidant la moitié de sa Priest-Lager.

— Comment avez-vous deviné ?

— Quand vous avez dit qu'ils étaient en conflit... On le serait à moins : quelque temps auparavant, Léa sortait avec Béraut qui ne devait que moyennement apprécier les roucoulades de son ancienne maîtresse avec le favori du président du Centre... Cocu sur tous les tableaux... Je comprends qu'il lui ait savonné la planche...

Le professeur semblait anéanti par les révélations de Gabriel.

— Ce qui veut dire que quand elle a rompu

avec Pierre, c'était pour retourner avec Béraut...
C'est bien ça ?

Le Poulpe l'acheva.

— Non, elle s'est mise en ménage avec Francis,
le disc-jockey de La Jungle en Folie, une boîte
échangiste du quai d'Arloing. Si vous avez besoin
de le rencontrer, demandez Membrator, c'est
comme ça qu'il se fait appeler.

Il sortit en laissant le curieux ami de Pierre
perdu dans ses réflexions.

Chapitre 15

Lucilie bouchère

Quand le Poulpe entra dans l'appartement,
Zill n'en crut ni ses yeux, ni son odorat. Il l'inspecta sous toutes les coutures.

— Pas de justaucorps violet ni de ciré écarlate,
pas de ballerines, pas d'eau de lynx n° 5... Tu as
déjà épuisé les plaisirs et les jeux du cirque de
notre vénérable cité de Lugdunum ?

— Ne te réjouis pas trop vite. La nuit ne fait
que commencer, je fais une simple halte... Tu as
eu des messages pour moi ?

Le fondateur du *Sapeur* le conduisit jusqu'à
l'ordinateur qui affichait une animation d'aqua-
rium.

— Pedro t'a envoyé un e.mail à me faire péter
tous les octets... La boîte de mon Mac est pleine,

et sur la barrette de visualisation du disque dur, c'est le bout du monde s'il reste un millimètre… Faudrait lui dire de se calmer…

Gabriel s'installa devant le clavier et vérifia que l'imprimante était correctement branchée. Il activa l'éclairage de l'écran, renvoyant les poissons numériques dans les grandes profondeurs du calcul binaire.

— Ne t'inquiète pas, je vais lui vidanger la mémoire vive…

Le Poulpe visualisa le courrier électronique de Pedro qui comprenait une lettre de présentation du matériel envoyé, une série de déclarations sur le Net du sous-commandant Marcos, en espagnol, en anglais, en allemand, en breton, ainsi que des photos scannerisées de toutes sortes de coléoptères.

Zill tentait de prononcer les noms des bestioles dont les antipathiques têtes agrandies s'affichaient, en couleurs, sous la barre de réglage.

— Dolichopus, Omalogasta, Sciomyze, Chortophila, Anthomyia… Il a quel âge Pedro, maintenant ? Plus de soixante-dix, non… Il est apparemment devenu incontinent du web… C'est une maladie qui se développe…

— Ne t'inquiète pas pour lui. Il surprend, au premier abord, mais il y a toujours une explication rationnelle à ses pires délires. Depuis que je le connais, je ne l'ai pas une seule fois pris en défaut. Tiens, admire ! Je lui demande de me retrouver la trace d'André Béraut au Chiapas en

1994, et il commence par me fournir tous les communiqués de l'Armée zapatiste de libération nationale pour l'année qui m'intéresse. Regarde, celui qui est en anglais nous éclaire un peu : http://www.ezln.org/ezln *April 10, 94... To the EZLN's bases of support... Comrades !* De l'anglais basique, ce n'est pas difficile à traduire... *« As in 1919, the zapatistas must pay in blood the price for our ouctry for Land and Liberty. »* Ce texte nous apprend que c'était le soixante-quinzième anniversaire de l'assassinat d'Emiliano Zapata, et que des délégations étrangères sont venues à la rencontre des guérilleros, bien avant que ce soit à la mode. Je me demande vraiment comment ce Béraut pouvait en faire partie.

Zill renonça à déchiffrer l'adresse de Marcos au peuple breton.

— Ou j'ai loupé une marche de ton raisonnement, ou mon mélange n'était pas au point et il fait du grabuge dans tes neurones. Oh, Gabriel, arrête de tapoter sur la machine. Écoute-moi... Tu penses vraiment que l'incendie de la bibliothèque de Lyon a été décidé à douze mille kilomètres d'ici, par une réincarnation de Che Guevara qui se planque derrière un masque de Zorro en pure laine vierge tricoté par Frida Kahlo ?

Le Poulpe ne parvint pas à retenir son rire.

— Tu devrais t'enregistrer de temps en temps. C'est incroyable le nombre de conneries que tu peux débiter à la seconde ! Fais comme moi... Il suffit de prendre la peine de lire le mode d'emploi concocté par Pedro...

Il tendit le bras pour saisir la page qu'il venait de faire imprimer.

— « J'ai pu me mettre en rapport avec Emiliano, un compagnon du Clandestine Indigenous Revolutionary Committee-General zapatiste. En avril 94, c'est lui qui était chargé de réceptionner discrètement, à l'aéroport de Mexico-City, les "invités" aux cérémonies d'hommage à Zapata qui se déroulaient dans le Chiapas. Il se doutait que tout un tas de services allaient grenouiller pour infiltrer certains de leurs agents dans les délégations, et cela malgré le filtrage opéré dans chaque pays par les organisations amies. Pour être clair lui ne contrôlait pratiquement rien, pas les moyens. Il prenait le risque de faire confiance à des blaireaux. Ton Béraut bénéficiait d'un passeport libertaire en bonne et due forme, puisqu'il était parrainé par les "ultras" lyonnais du Frondeur de Classe. En plus, il ne débarquait pas d'un vol européen, mais d'un zinc en provenance de Bogotá. Il a prétendu être en contact avec les guérillas colombiennes, et il aurait enseigné bénévolement pendant plusieurs mois dans l'école populaire d'une zone libérée. Les camarades zapatistes n'ont pas cherché plus loin, ce qui fait que la photo de ton Béraut encadré par des guérilleros armés est tout ce qu'il y a d'authentique. »

D'un air dégoûté, Zill prit le tirage d'une tête d'insecte qui venait d'être reproduite, en couleurs, par l'imprimante laser. Yeux grillagés, mandibules poilues, carapace nasale, crocs acérés.

— C'est peut-être pour cette raison qu'ils mettent des cagoules, les zapatistes. À cause de leur gueule. En fait, les Envahisseurs ont atterri au Chiapas et personne ne le sait...

— La suite de la lettre de Pedro vient de tomber dans la recette. Passe-la-moi, on va certainement avoir la solution.

Le Poulpe reprit sa lecture à haute voix.

— « *Pendant les quinze jours qu'il a passés sur place, le comportement de Béraut a été des plus tranquilles, et n'a éveillé aucun soupçon. En avril 1995, un détachement de l'EZLN a déclenché une offensive sur la localité de Tuxtla-Gutiérrez où est implantée une usine d'insecticide appartenant au complexe chimique américain Flegel Inc. Alors que nous avions pris le contrôle des faubourgs de Tuxtla, et repoussé l'armée régulière, nos forces ont été sérieusement accrochées par la milice de l'usine, et ont été contraintes de se replier. La présence du Français André Béraut aux côtés des miliciens a été attestée par plusieurs témoignages.* »

Gabriel pointa le doigt sur la tête de brachycère.

— On se rapproche de ta bestiole. Le compañero Emiliano vient de nous apprendre l'existence d'une usine d'insecticide au Chiapas... La révélation n'a pas échappé à la sagacité de Pedro qui s'est dare-dare plongé dans les encyclopédies. À l'heure qu'il est, il doit être imbattable sur l'évolution des pièges à glu, de la tapette et des dérivés de dichloro-diphényl-trichloréthane, autrement dit le D.D.T. comme c'est marqué là sur l'avant-dernière page... Rends-toi utile, passe-la-moi.

— « *Pour Emiliano, il est aujourd'hui clair que ton ami Béraut cherchait à savoir si les zapatistes avaient des vues sur l'usine de Tuxtla. Je crois avoir pincé un fil fragile que tu pourrais continuer à tirer. Le serveur internet du trust Flegel Inc. affiche un tableau de la holding où figure un laboratoire lyonnais qui porte le même nom que le président du conseil régional, Blanchillon. Le plus surprenant, que je ne prends même pas la peine de retaper et que je te passe directement au scanner, a été publié l'année dernière par le spécialiste mondial de la vie des insectes volants, Martin Monestier. Si tu veux vérifier c'est à la page 34 de son livre* Les mouches, *au Cherche-Midi Éditeur.* »

Le Poulpe reposa le document.

— Qu'est-ce qu'ils pouvaient en avoir à foutre, les zapatistes, d'une usine d'insecticide ?

Zill commanda l'impression du dernier feuillet. Il s'installa près de Gabriel en attendant que la page soit prête.

— Si ça ne t'embête pas, je préfère commencer à lire sur l'écran... Il explique que des milliards de mouches tueuses, les Lucilies bouchères, ont envahi le sud des États-Unis, le Texas principalement, au cours des années cinquante, et qu'elles s'attaquaient au bétail, décimant les troupeaux. Tout a été essayé pour les tuer, mais aucun produit n'en venait à bout. En observant le cycle de reproduction, deux biologistes se sont aperçus que seule une minorité de mâles s'accouplaient avec les femelles, et ils ont eu l'idée de submerger la population de géniteurs d'éléments stériles. Ils ont donc construit des usines de fabrication de Lucilies bouchères mâles stériles…

Le Poulpe écarquilla les yeux.

— On fait comment ? On les castre…

Le journaliste du *Sapeur* haussa les épaules, de l'air de celui à qui on ne la fait pas.

— Oui, avec des gants de boxe ou des moufles si on n'est pas sportif… Réfléchis un peu ! On irradie les pupes, le stade intermédiaire entre la larve et la nymphe, au Césium 137. On largue les mâles dégénérés sur les régions infestées, ça baisouille tout ce que ça sait, et comme la femelle meurt naturellement quelques jours après l'accouplement, croyant avoir largué ses œufs, le problème est résolu ! En quelques années, le territoire des USA était libéré de la Lucilie bouchère qui s'est donc repliée au Mexique. Voilà le papier qui arrive… Suite et fin : « *Aussi, les Américains, inquiets de cette continuelle promiscuité et de la menace toujours présente d'un retour des envahisseurs, construisirent au Mexique, en 1976, une usine géante destinée à continuer la lutte en Amérique latine. Implantée à Tuxtla-Gutiérrez, à*

700 kilomètres au sud de Mexico, dans l'État du Chiapas, cette usine sous autorité et contrôle américains, compte tenu de sa technologie de pointe, est toujours à l'heure actuelle le seul site au monde qui produit et élève industriellement des Lucilies bouchères irradiées et stériles. Elle tourne 24 heures sur 24 et emploie plus d'un millier de personnes. Dans cet univers cauchemardesque où l'on circule en combinaison d'astronaute, et où les chambres de radiation imposent des conditions de sécurité draconiennes, des dizaines de milliards d'œufs microscopiques bouillonnent dans les incubateurs. »*

Une fois sa lecture terminée, Zill posa ses mains sur les épaules d'un Poulpe songeur.

— Tu sais ce que je crois, à propos de ton André Béraut ?

— Non…

— Eh bien, qu'en fait de zapatiste aguerri, ce serait plutôt un inoculeur de mouches !

Chapitre 16

Trois morts, dont un Européen

Zill devait boucler le numéro du *Sapeur* dans la nuit pour remettre la disquette à l'imprimeur, mais il n'avait pas encore écrit le moindre mot de son enquête nocturne sur les meurtres de Miribel-Jonage. Le dernier assassinat en date étant celui d'un honnête commerçant en bas résille qui habitait le quartier de l'Hôtel de Ville, il avait décidé de titrer son dossier, «L'homo et les Terreaux», ce que le Poulpe ne trouvait pas du meilleur goût. Zill passa un coup de fil à l'épicier qui leur livra un plat de charcuterie des Abruzzes, des lamelles de seiche grillée froide marinées dans une sauce à l'ail, accompagnées de poivrons cuits au four, pelés et épépinés, un sabayon maison, une bouteille de vin de Barbera pour se rincer la bouche entre les plats, et une Tecla blonde, une des dernières bières italiennes, brassées à Milan, via Peschiera. Absorbé par ses pensées, Gabriel commença par chipoter dans les plats.

— Le parcours de ce type est vraiment surprenant. Un : il est immergé dans le groupe des Capucins qui fait le coup de feu contre les flics. Deux : il sort avec Léa Bargane, un véritable top model. Trois : il se fait accréditer par un collectif pour rencontrer le sous-commandant Marcos. Quatre : il bosse en sous-main comme inoculeur de diptères pour le groupe chimique Blanchillon. Cinq : il obtient un poste d'archiviste au Centre Gabriel-Roux. Six : il fait le nègre pour Blanchillon quand celui-ci devient président du conseil régional. Sept : il entre en opposition avec Pierre quand notre pote soulève son ex-petite amie. Malgré tout ce que j'ai pu voir comme saloperies, j'avais encore une certaine considération pour les chercheurs, les universitaires. Avec tout le respect que je te dois, on ne s'étonne plus d'apprendre qu'un journaliste en croque, que ses articles sont aux ordres...

Zill piqua une lamelle de blanc de seiche avec un cure-dent.

— Il n'y a pas d'offense. Si la presse me convenait, question liberté d'expression, je n'aurais pas été obligé de fonder mon propre canard... Pourquoi voudrais-tu que les juges, les avocats, les commissaires de police, les sociologues, les historiens, aient l'échine moins souple que les pisseurs de copie ? Ils se connaissent tous, ils fréquentent les mêmes magasins, les mêmes restaurants, les mêmes concessionnaires de grosses bagnoles, les mêmes cocktails. Un véritable fonctionnement consanguin. Ils finissent par penser exactement la même chose au même moment...

Le Poulpe délaissa la seiche, par principe, pour s'attaquer aux poivrons.

— J'avais encore des illusions, à presque quarante ans. Pour moi, les historiens ne pouvaient être que des gens propres.

— Il y en a, bien sûr, mais il ne faut pas généraliser... N'oublie jamais que leur domaine est un enjeu de pouvoir. Celui qui dit l'histoire contrôle le présent et agit sur l'avenir... Tu crois qu'on les laisse bosser tranquillement ? Ils sont attachés à la laisse de l'institution, et ils font là où on leur dit de faire ! Ce n'est pas que le fruit du hasard si dans CNRS il y a CRS.

— C'est facile... Dans CeRiSe aussi... Et dans CaRuSo, CuRiSte, CuRieuSe, CuRéS...

Zill ne releva pas l'ironie.

— Pendant plus de trente ans, on n'a comptabilisé que trois morts, dont un Européen, lors des massacres d'octobre 1961, dans les rues de Paris. Le préfet Papon a pu dormir sur ses deux oreilles, personne ne lui rappelait les cris des suppliciés. Le long temps d'une génération, pas un historien n'a relevé ses lustrines pour se plonger les mains dans le cambouis de la raison d'État. Il a fallu que ce soit des francs-tireurs, écrivains, éducateurs, des incontrôlables, qui s'y collent... Sous la pression, les « officiels » sont montés à trente morts, et peut-être qu'à la fin du premier siècle du troisième millénaire, quand nos os blanchiront au soleil froid des cimetières, on rajoutera le zéro qui manque au bilan de la tragédie...

Gabriel voulut placer un mot mais, porté par les rasades généreuses de Barbera, Zill avait pris sa vitesse de croisière.

— Je sais ce que tu vas me dire : qu'une exception ne fonde pas la règle... Une exception le 17 octobre ? Silence dans les rangs sur tous les Oradour d'Afrique, d'Indochine... Silence sur Madagascar, silence sur Sétif, silence sur les corvées de bois, silence sur les crevettes-Bigeard, silence sur l'exécution d'Éloi Machoro ! Il a fallu attendre quatre-vingts ans pour que le premier ministre exprime sa compréhension pour le geste des soldats mutinés d'avril 1917. Quatre-vingts ans ! Pendant tout ce temps, des historiens ont occupé le terrain pour nous dire que, d'après les documents, il n'y aurait eu que quelques dizaines de fusillés pour l'exemple, que la rumeur avait fortement amplifié l'impact des refus d'obéissance. Comme si les assassins de poilus flingués dans le dos parce qu'ils ne voulaient pas aller se faire tirer comme des lapins avaient dressé un procès-verbal en bonne et due forme de leur forfait ! Ces estimés professeurs étaient chargés de pacifier la réalité pour la rendre acceptable. Aujourd'hui qu'elle a perdu sa charge d'injustice, elle peut être assimilée, tranquillement, sans irriter nos fragiles intestins nationaux. Sous cet éclairage, le parcours d'un André Béraut ne me surprend pas. Je crois même que le plus bel avenir lui est promis.

— Même s'il savait tout cela sur son collègue, ça n'explique pas le suicide de Pierre. Sa femme m'a laissé lire la lettre qu'il lui a adressée avant de se pendre. Un passage ne cesse de me hanter, et ce que tu viens de dire m'y fait penser de manière différente : *« J'avais l'habitude de prétendre que nous vivions dans un étrange pays où les clercs trahissent, génération après génération. Je n'ai plus le droit de le dire alors que j'ai un pied dans la tombe après avoir trahi à mon tour »*... Jusque-là, pour moi, cette trahison c'était le fait d'avoir trompé sa femme, d'avoir quitté sa famille. Il faut probablement chercher dans une autre direction…

— Laquelle ?

Gabriel se leva.

— Je n'en sais rien pour le moment. Je prends ce qui reste de pot lyonnais, si j'ai un coup de blues dans la nuit… Je serai de retour dans deux ou trois heures… Bonne chance pour ton papier.

Il passa la tête dans l'entrebâillement de la porte, juste avant de fermer.

— Au fait, ton titre « homo et Terreaux » ne me plaît toujours pas. Ça claque moins, mais essaye avec « Miribel de nuit »…

Chapitre 17

La mère de famille

L'absence totale de vent donnait à l'air une sorte de douceur contredite par les flocons qui dansaient devant les lampes des réverbères, striaient les faisceaux des phares. Gabriel héla un taxi qui le déposa sur le parking du quai Arloing où brillaient les néons de La Jungle en Folie. La neige avait uniformisé les silhouettes des dizaines de voitures garées devant les cages chauffées par des rampes de résistances électriques. Il tourna la tête à gauche pour observer le puma qui s'étirait sur sa litière de paille, et n'eut pas la charité d'un regard pour le lynx pisseur. Assez peu motivé par l'envie de tomber nez à nez avec les hommes-léopards, il resta prudemment bloqué dans un coin du premier bar que les habitués avaient baptisé «le textile». Deux filles, dont la démarche professionnelle ne faisait aucun doute, essayèrent de l'entraîner vers les marigots. Il prétexta l'arrivée imminente d'une amie pour les décourager. La troisième cherchait à prendre racine. Il lui offrit un whisky qu'elle asséca d'un coup.

— Perds pas ton temps avec moi. Deux de tes copines ont déjà tenté le coup. Je suis là pour autre chose...

— C'est dommage, tu me plaisais bien... Ce soir, la plupart des clients ont dépassé la date limite de fraîcheur, et les seuls jeunes sont moches comme des poux.

Sur un clin d'œil du Poulpe, le barman refit le plein contre un billet de cent.

— Il suffit de ne s'intéresser qu'à la musique et de fermer les yeux...

— C'est la dernière chose à faire. Ils n'ont qu'une idée en tête, c'est de te sauter sans préservatif. À la moindre seconde d'inattention, ils virent la capote. J'ai deux mômes, j'ai pas envie de choper le sida.

Il se leva d'un bond en voyant passer la petite camée de la veille. Il la rejoignit en courant, plantant la mère de famille précautionneuse au beau milieu de ses confidences. L'amie de Léa

lui adressa un sourire qui fit presque disparaître
ses cernes.

— Salut, je ne croyais pas te revoir. Francis ne
t'aime vraiment pas... Il paraît qu'il t'a envoyé
ses hommes-léopards. Pourtant, moi, je te trouve
plutôt sympa... Tu ne viens pas danser ?

— Pas ce soir... Tu as un moment ? J'aurais
besoin de te parler...

Elle désigna un type dont les chairs boursouflées tiraient sur les coutures d'un costume blanc
clouté qui aurait pu appartenir à Elvis Presley,
sur la fin.

— On se retrouve ici dans une heure. Pas
avant. Je dois m'occuper de mon chevalier
servant.

Il avait dû se montrer beaucoup plus long à la
détente qu'elle ne l'imaginait, car elle ne réap-
parut qu'au petit matin alors que le Poulpe s'apprêtait à partir. Elle but une lampée du pot
lyonnais de Zill dans le taxi qui traversait la ville
métamorphosée et comme adoucie par l'épaisse
couche de neige. Seules les façades de l'ancienne
École de santé militaire, qui abritait le Centre
Gabriel-Roux, conservaient leur aspect rigide et
austère. Ils descendirent un peu plus loin, sur la
place Jules-Guesde que parcouraient encore, ou
déjà, quelques fantômes en quête de poudre.
Elle habitait en face du Café des Anciennes
Gloires, et se pendit à son cou dès que la porte
se referma.

— Tu seras gentil avec moi, dis… Tu ne me feras pas de mal…

Il se dégagea doucement.

— Je ne connais même pas ton prénom. Moi c'est Gabriel…

— Tu as de la chance de porter un nom d'ange. Je n'aime pas le mien… Renée, Renée Lamba. Je l'ai presque effacé. Depuis des années, tout le monde m'appelle Capucine, à cause de l'histoire que je t'ai racontée hier.

Il inclina la tête pour échapper à ses baisers, une main sur le mur à la recherche de l'interrupteur. Une lumière douce, tamisée, baigna d'un coup la pièce dont les cloisons se peuplèrent d'éclats de mots. Le Poulpe se détacha lentement d'elle.

— C'est une lampe qu'a fabriquée Léa, non ? Tu as regardé de près le manuscrit qu'elle a utilisé pour confectionner l'abat-jour ? Il paraît qu'elle se servait de raretés, des lettres de Lamartine, de Baudelaire…

Il prit la lampe et la souleva devant son visage. L'écriture, tracée à la plume d'oie, était parfaitement déchiffrable, et seules les fins de lignes étaient dissimulées au regard par la superposition du collage.

— Regarde ce qu'elle projette sur les murs : « *L'aristocratie lyonnaise, toute composée de commerçants qui ont passé par l'échevinage, n'est pas moins insouciante que la bourgeoisie à tous les efforts que l'esprit humain peut tenter dans un autre but que celui de la perfection du tissage ou de la broderie des étoffes ; si bien que deux libraires suffisent à approvisionner la seconde capitale du royaume, et qu'un seul grand théâtre est plus que suffisant à sa curiosité.* » Et là, c'est signé Alexandre Dumas... Elle te faisait de très beaux cadeaux... Vous étiez tous restés bons copains, après l'épisode des Capucins et ton séjour en taule ?

— Tous, je ne sais pas... Il y avait une faune tout autour de nous, et ils se sont dispersés à la première alerte. Des parasites et des paumés. On ne les a jamais revus. Le noyau dur a tenu le coup...

— Vous étiez combien ?

Elle pointa le doigt vers la lampe que le Poulpe venait de reposer.

— Quatre, comme les Trois Mousquetaires... Léa, André, Francis et moi...

Gabriel se demanda si Francis, alias Membrator, ou même Béraut, lui avait parlé de sa visite au Centre Gabriel-Roux. Il risqua la question.

— J'ai rencontré Léa et Francis, ainsi que toi. Il n'y en a qu'un que je ne connais pas. Qu'est-ce qu'il fait, André, dans la vie ?

— Il fait marcher sa tête. Dès le départ, c'était le plus démerde de nous tous. Il passe son temps à monter des coups, et le pire, c'est qu'ils réussissent presque toujours... Son vrai métier, c'est archiviste. Léa, Francis et moi, on s'est tous fait étendre, aux examens. Lui, il a obtenu ses diplômes, passé ses concours les doigts dans le nez alors, qu'apparemment, il ne planchait pas plus que nous... On ne se voit plus beaucoup, mais je suis bien obligée d'admettre que, question combine, c'est un mec très doué...

— Vous êtes sortis ensemble ?

— Pourquoi tu me demandes ça ? Tu es jaloux ou ça t'excite ?

Le Poulpe laissa la réponse en suspens et sortit la fiole de sa poche.

— Tiens, si tu veux... Il en reste une bonne moitié. Tu n'aurais pas une bière qui traîne dans le frigo ? La neige, ça me donne soif...

Elle revint avec une Pilsen-Guille un peu trop fraîche au goût de Gabriel qui la serra dans ses mains sans l'ouvrir.

— On a vécu six mois ensemble, à son retour du Mexique. Il était parti là-bas après sa rupture avec Léa. Je me suis installée dans la maison qu'habitaient les parents d'André, sur les hauteurs chic, à Saint-Genis-Laval. Je me suis vite rendu compte qu'il se servait de moi pour mettre la pression sur Léa.

Elle renversa la tête sur les coussins du canapé pour vider la petite bouteille, et demeura immobile un bon moment, les yeux clos, à l'écoute des réactions de son corps.

— N'importe comment, je me suis sentie mieux quand il m'a larguée pour retourner avec elle... J'étais vraiment soulagée. Dans un film, je me souviens, un personnage joué par Sharon

132

Stone disait que l'épreuve de vérité avec un mec, c'était le partage de la salle de bains… La salle de bains et tout le reste… Je ne supportais pas sa manière de vivre…

Le Poulpe murmura.

— C'était aussi dur que ça ?

— Non… Le problème, c'est qu'il se prend la tête en permanence. Rien ne peut se faire simplement avec lui, c'est un obsédé, un maniaque. Il note tout ce qu'il fait sur des petits carnets, le prix de ce qu'il achète, le nom du magasin, le nombre de kilomètres qu'il fait en voiture pour aller de tel endroit à tel autre, le résumé des livres qu'il lit, il découpe des articles dans la presse, les classe. Il a un appareil branché à son téléphone pour enregistrer ses conversations et une armoire bourrée de toutes les cassettes, depuis des années… Je sais bien qu'il est archiviste et que ces gens-là, ça référence tout, ça travaille sur les traces, mais avec lui, trop c'est trop… On ne sait plus s'il fait les choses pour les noter, ou s'il les note pour avoir à les faire…

— Il travaillait sur les Lucilies bouchères quand vous étiez ensemble ?

Capucine fit la grimace.

— Lucy la bouchère ? Qu'est-ce que c'est que ça ?

— Une mouche tueuse qu'on trouve au Mexique et en Amérique centrale…

— Inconnue au bataillon, ta bouchère…

— Tu te souviens s'il t'a parlé de Cuba, de la Colombie, du Chiapas?

Elle porta la fiole à ses lèvres pour aspirer les dernières gouttes.

— Il ne disait jamais rien sur son passé. Sujet tabou. Par contre, et malgré ses airs de ne pas y toucher, il plongeait plus souvent qu'à son tour dans des boîtes en carton remplies de fiches pornos... Des vieux trucs tout jaunis, écrits à l'ancienne, comme les manuscrits des lampes de Léa, à la sergent-major... Un coup, je lui en ai piqué cinq ou six, pour voir. Il s'en est aperçu tout de suite, et j'ai bien cru qu'il allait me tuer. C'est là que j'ai compris qu'il ne tournait pas rond. Se mettre dans des états pareils pour de petits rectangles cartonnés remplis de descriptions cochonnes...

Gabriel inclina son verre pour y verser la Pilsen-Guille.

— Tu te rappelles ce qu'il y avait écrit dessus?

— Non, je n'ai pas de mémoire. C'est tout juste si j'arrive à réciter l'alphabet dans l'ordre... Mais ce qu'il ne savait pas, quand je les lui ai rendues, c'est que j'avais fait des photocopies.

Chapitre 18

Les dindons farcis

Capucine s'était endormie d'un coup contre son épaule alors qu'il lisait les fiches qu'elle était allée lui chercher dans un tiroir de la chambre. Il se détacha doucement d'elle, remit sa veste et sortit sur la place. Personne n'avait encore foulé le trottoir recouvert d'une neige moelleuse qui craquait sous ses pas. Il passa devant le Centre Gabriel-Roux, traversa le fleuve par le pont Gallieni et fit un écart pour acheter les journaux au kiosque de la gare Perrache où avaient reflué tous les sans-abri de la ville. *Le Progrès* titrait sur la défaite de l'Olympique Lyonnais que le patron du club attribuait à une mauvaise entente entre les trois stars de l'équipe, Anderson, Vairelle et Laigle. Dans les pages « région », quelques lignes dissimulées entre un article intitulé « Des motos pour la police de Ouagadougou » et une publicité pour un supplément hebdomadaire, *Version Femme*, rompaient l'embargo officiel sur l'identité de la jeune femme assassinée dans la bibliothèque.

« *INCENDIE. Après de difficiles recherches, les enquêteurs sont enfin parvenus à identifier le corps retrouvé dans la bibliothèque interuniversitaire, lors de sa récente destruction par le feu. Il s'agit de Léa Bargane, une étudiante de 28 ans. Elle est soupçonnée de s'être, à plusieurs reprises, intro-*

duite dans les locaux pour dérober des manuscrits anciens. »

Au bas de chez Zill, la fille des Violla jetait de pleines poignées de sel devant la boutique. Ironique, elle détailla le Poulpe, des pieds à la tête.

— Vous aurez besoin de faire nettoyer du linge, aujourd'hui ?

— J'ai l'impression que pour une fois je me suis tenu correctement...

Zill, toujours penché sur son ordinateur, peaufinait l'édito politique du *Sapeur* consacré au nouveau contournement routier de l'agglomération.

— Les égouts à bagnoles, ça transcende le clivage droite-gauche ! L'opposition est devenue géographique. Le tracé par l'est est soutenu par des élus qui vont des barristes aux écolos, tandis que le projet de passage par l'ouest a la faveur des chiraquiens et des socialos... Et on a autant de mégretistes et de lepénistes dans les deux camps ! On dirait des buralistes qui se battent pour garder la clientèle... Et toi ? Tu ne pues pas ce matin... Comment tu t'es débrouillé ? Tu as fait de l'œil au lynx ?

— Le froid les inhibe. Ils sont beaucoup moins facétieux sous les intempéries... J'ai longuement discuté avec Renée Lamba, qui se fait appeler Capucine. C'est l'une des filles impliquées dans l'épisode des Capucins. D'après elle, Léa Bargane vivait avec Francis, le disc-jockey de La

Jungle en Folie depuis plus de deux ans, après s'être définitivement séparée de Béraut, l'archiviste. Elles ont évoqué ensemble, une fois ou deux, l'idylle de la danseuse et de Pierre Floric. Son sentiment est que Léa jouait un rôle, qu'elle se foutait de notre pote comme d'une guigne... D'ailleurs Francis, qui est plus jaloux qu'un tigre, s'en accommodait le plus tranquillement du monde... Plus intéressant, elle m'a refilé une série de docs prélevées dans les stocks de Béraut... Je ne sais pas encore si on va pouvoir en tirer quelque chose...

Zill l'écoutait d'une oreille distraite. À partir d'une citation d'André Chénier, il bricolait la réflexion hebdomadaire chaque fois différente qui ornait l'ours du *Sapeur* : « *Il faut une détermination de forgeron, et les outils du même, pour bien faire entrer dans la tête de nos ennemis quelques salutaires pensées.* » Satisfait de sa trouvaille, il fila en sifflotant vers le percolateur de salon. Ils lurent les fiches en sirotant leur expresso.

N° 127   Création 1976
Soupirs profonds, Parties fines, Secrétaires lubriques.
La Rabatteuse, Prends-moi comme une chienne, Phantasmos 2.

Rien ne pourrait lui être plus agréable que d'être pris pour une chaise. Dégoûté par le coït (sauf en représentation), recherche la compagnie des femmes plantureuses. Fétichiste du pied, il rêve de se mettre à quatre pattes et que l'on s'asseye sur son dos. Fréquente les manèges où il admire les selles, les éperons, les bottes. Aide, dès qu'il le peut, les femmes à se jucher sur les étalons.

N° 234   Création 1979
Double Pénétration, Veuves en chaleur, Initiation au collège.
Tout pour jouir, Clito de cinq à sept.

Perceur/frotteur Toujours armé d'une vis sans fin, ou d'un minuscule vilebrequin. Creuse les cloisons des chambres d'hôtel, des toilettes pour observer les femmes qui s'y trouvent. Fréquente les endroits populeux où il peut se coller à la personne de son choix. Habitué des trolleys.

N° 247   Création 1980
Les Petites Vicieuses, Après-midi d'un fauve, La Grande Lèche.
Queue de béton, Porno Story, Greta, Monika et Suzelle.

Ne trouve de satisfaction que dans les rencontres avec des femmes de plus de 70 ans alors qu'il n'en avoue qu'à peine la moitié. Attribue cette particularité au fait d'avoir été, adolescent, sauvé de la noyade par une très vieille femme qui s'est allongée sur lui pour pratiquer le bouche à bouche.

Le Poulpe se saisit de la dernière photocopie confiée par Capucine.

N° 279   Création 1981
Clarisse, Hôtel pour jeunes filles, Baby Love.
Confidences d'une petite culotte, La Grande Levrette, Chaudes Adolescentes.

Ne s'est jamais remis de la lecture clandestine des études de Paolo Mantegazza sur les caractères sexuels du crâne, et particulièrement de la description de cette pratique de Chinois dégénérés qui sodomisaient des dindons et leur coupaient la tête d'un judicieux coup de sabre au moment de l'éjaculation. Entre en état de volupté à la simple vue d'un amas de viande rouge et saignante.

Les yeux écarquillés, Zill relut ce dernier commentaire à plusieurs reprises.

— C'est sûrement de là que vient l'expression « être le dindon de la farce »… Tu crois que c'est vrai, des choses pareilles ou que c'est seulement de la littérature ?

Le Poulpe lui ôta ses dernières illusions sur la bonté humaine.

— On m'a raconté l'histoire d'un petit employé d'une banque de la porte de Pantin, à Paris, un type maigrichon, des plus réservés, qui se transformait du tout au tout quand il devait traverser les abattoirs pour aller à l'annexe, porte de la

Villette. Tout le monde pensait que c'était la peur des éventreurs de bœufs, la répulsion des échaudoirs. En 1956, il est parti en Algérie, au moment de la bataille d'Alger, et il envoyait des lettres de plus en plus délirantes, de plus en plus enflammées à ses collègues. Jusqu'au jour où il leur a glissé l'oreille d'un prisonnier, en souvenir, dans l'enveloppe…

Le fondateur du *Sapeur* se resservit une tasse de café.

— On a quand même du mal à s'y faire… À quoi ça sert ? Je n'arrive pas bien à comprendre où veut en venir ton archiviste, André Béraut, en établissant des fiches de ce genre…

Gabriel pointa le doigt sur la partie supérieure d'une des photocopies.

— Ce n'est pas lui qui les a écrites. Regarde les dates de création, à droite : elles vont de 1976 à 1981. Béraut est plus jeune que moi d'au moins cinq ans. Il doit être né en 65 ou 66, et bien qu'on me l'ait présenté comme un garçon plein de ressources, je ne pense pas que sa précocité se soit exercée aussi dans le domaine de la psycho-pathie sexuelle…

— On y verra plus clair quand on saura d'où elles proviennent.

Le Poulpe replia les papiers qu'il remit dans sa poche.

— Quelquefois tu prononces des sentences d'une profondeur vertigineuse ! Je suis claqué. Je vais dormir un peu. À plus…

140

Dès que Gabriel disparut dans la chambre d'amis, Zill passa un coup de fil à son imprimeur qui accepta de passer prendre la disquette dans la matinée. Il ressortit ses vieux carnets, à la recherche d'un nom, d'une adresse qu'il dénicha dans un agenda de 1980. Bien avant d'être le reporter le plus en vue de *Paris-Monde*, Valérian Krissawiecz avait fait trois fois l'équivalent du tour de la Terre, rien qu'en arpentant les studios de cinéma. Pigiste pour le compte de dizaines de revues aussi confidentielles qu'éphémères, comme *Antennes, Star Ciné Cosmos, Playfilm* ou *Sex Stars System*, celui qui signait alors Val Kriss avait croisé et sympathisé avec tous ceux sur lesquels il était alors de bon ton de cracher, et qui figuraient aujourd'hui au panthéon du cinéma mondial. Clint Eastwood, Sergio Leone, Samuel Fuller entre autres... Sa complicité avec Jean-Luc Godard ou Chris Marker ne l'avait pas empêché de côtoyer la cohorte des pestiférés du cinéma X et de jouer les utilités sur certaines bobines. Les historiens du septième art ne daignaient le citer que pour sa performance dans le porno intello de Paul Vecchiali, *Change pas demain*. Zill l'avait rencontré, des années plus tôt, lors d'une conférence à l'Institut Lumière au cours de laquelle il n'avait pas hésité à demander si, dans la salle, quelqu'un savait à quoi avait servi, entre 1941 et 1945, le fameux train qui arrivait quelque temps plus tôt en gare de La Ciotat. Les cinéphiles, habitués à limiter leur vision au cadre, s'étaient contentés de tousser. Après deux tentatives infructueuses, la rédaction de *Paris-Monde* consentit à lui donner le numéro de téléphone d'un appartement proche de l'avenue du Maine où Kriss faisait des haltes entre deux voyages. La voix du reporter posée sur un solo de Coltrane l'accueillit.

— Je suis absent. Laissez un message, vos coordonnées et je vous appelle dès mon retour.

Il eut à peine le temps de décliner son identité, Zill Dagona, que Kriss décrochait.

— Salut vieux frère. Excuse-moi, je pratique le filtrage, comme un vulgaire siphon... J'attends l'appel d'une Éthiopienne ahurissante. Je ne suis là que pour elle et pour les vrais amis. Tu me relances parce que je n'ai pas renouvelé mon abonnement au *Sapeur*?

— Tu es une des rares personnes, avec mon maire, Raymond Barre, à le recevoir gratuitement. Lui, il a l'élégance de faire déposer chaque mois son bulletin municipal dans ma boîte... La star de *Paris-Monde* pourrait s'aligner. Je cherchais à te joindre pour un ami, Gabriel Lecouvreur... L'histoire est trop compliquée et si je me mets à te la raconter, ton Éthiopienne aura bien assez de temps pour réfléchir à la connerie qu'elle fait en s'affichant avec un type de ton genre. C'est à l'amoureux du septième art que je m'adresse...

— On se croirait à *Monsieur Cinéma*... Pose ta question.

— C'est un peu curieux mais, à ton avis, qu'est-ce qu'il peut y avoir de commun entre tous ces films : Soupirs profonds, Parties fines, Secrétaires lubriques, La Rabatteuse, Prends-moi comme une chienne, Phantasmos 2, Double Pénétration, Veuves en chaleur, Initiation au collège, Tout pour jouir, Clito de cinq à sept, Les Petites Vicieuses, Après-midi d'un fauve, La Grande Lèche, Queue de béton, Porno Story, Greta, Monika et Suzelle, Clarisse, Hôtel pour jeunes filles, Baby Love, Confidences d'une petite culotte, La Grande Levrette et Chaudes Adolescentes...

Kriss éclata de rire.

— Le premier point commun, c'est que ce sont tous des pornos français de la fin des années soixante-dix... Tu peux me relire ta liste ?

Zill se prêta à l'exercice en gloussant.

— Le deuxième point commun, c'est qu'ils sont tous dus à la même équipe de réalisateurs, les hardeurs de la troisième génération, Gérard Kikoïne, Burd Tranbaree, Michel Baudricourt... La loi sur le cinéma X, avec le poids des taxes spéciales, bloquait cette production dans des salles de seconde zone, et parallèlement elle dissuadait l'importation de films pornos étrangers. Pendant trois ou quatre ans, il n'y avait pratiquement plus que du cul tricolore sur les écrans... Ta liste, ce pourrait être à la rigueur la programmation d'un ciné X, genre Cinévog, pendant cette période bénie par les dieux de la bureaucratie !

— Tu ne vois rien d'autre ?

— Non, pas à première vue... On peut tout imaginer, qu'un acteur ou une actrice soit présent sur tous les génériques. Ils en tournaient tellement ! J'ai bonne mémoire, mais là, ça dépasse mes compétences.

— Dernière chose... C'est un peu compliqué à formuler... Est-ce que dans un de ces films, on peut tomber sur une scène où un acteur encule un dindon, une oie ou un poulet, qu'il décapite au moment suprême ?

— Pourquoi pas des mouches, tant que tu y es ! Ils mettent quoi dans les cigarettes lyonnaises en ce moment ! Tu te rends compte de ce que tu dis ? Le label X, c'était un certain allégement de la censure, pas sa suppression... Les films passaient devant une commission. Un réalisateur qui aurait tourné et monté une pareille séquence était bon pour la taule, sans compter les amendes. La zoophilie était totalement interdite, pareil pour la scatologie et les scènes avec des enfants ou des vieillards... Si tu touchais à la religion, là, tu grimpais sur le bûcher.

Chapitre 19

Grillade en bas résille

Le Poulpe émergea d'un sommeil sans rêves un peu après midi. Zill lui fit un résumé fidèle de sa conversation téléphonique avec Val Kriss, insistant sur la réaction indignée du reporter quand il avait été question de dindons.

— J'ai le sentiment qu'on fait fausse route, Zill. Ce Béraut est tellement louche que tous les fils qui pendent derrière ses basques semblent bons à tirer… Les gens qui tournent autour de cette histoire de suicide, d'assassinat et d'incendie, étaient adolescents au moment où ces fiches anonymes ont été établies, et s'il y a une chose dont ils devaient se foutre à l'époque, c'est bien des films pornos.

Le télécopieur se mit à crachoter du papier alors que le patron du *Sapeur* allait répondre. Il prit le fax.

— On dirait qu'il y a du nouveau dans l'affaire des meurtres en série au parc de Miribel-Jonage. Il faut que j'y aille. On se revoit ce soir.

Gabriel sortit à son tour. Il traversa le fleuve et se faufila au travers d'un groupe compact de touristes japonais qui attendaient leur guide devant les grilles du musée de la Résistance. Des enfants amassaient le socle d'un bonhomme de neige près du mât au faîte duquel claquait le drapeau français. Le rez-de-chaussée du Centre Gabriel-Roux était désert. Il en profita pour farfouiller dans le fichier des ouvrages disponibles sur les rayonnages. La contribution d'André Béraut au livre de Jacques Blanchillon n'était pas référencée, et son nom n'apparaissait qu'une fois au-dessus du résumé de son diplôme d'études approfondies passé sous la direction de Hubert Hynkel : « *L'Homme, cet inconnu : les effets d'une surdétermination historique* ». Délaissant le monte-charge, il grimpa directement au troisième étage par l'escalier courbe. Il prit la secrétaire de vitesse et vint frapper à la porte de Hubert Hynkel. Le Poulpe se souvint que le professeur avait blêmi lors de leur première entrevue quand il avait prononcé le nom de la maîtresse de Pierre Floric. Le président du Centre Gabriel-Roux ouvrit presque aussitôt. Il leva un visage soucieux vers son visiteur.

— Qu'est-ce que c'est ? J'avais demandé qu'on ne me dérange pas...

— Pierre Yung, du *Monde des Livres*... Je suis déjà passé vous voir, à propos de l'incendie de la bibliothèque...

Il opéra un demi-tour tout en lui faisant signe de le suivre, et c'est seulement à ce moment que le Poulpe s'aperçut qu'il portait des talonnettes.

— Je crois que nous nous sommes tout dit la dernière fois, non ?

Le Poulpe déplia l'exemplaire du Progrès qui dépassait de sa poche.

— Disons que nous sommes allés aussi loin qu'il était alors possible... La presse révèle enfin l'identité de la jeune femme tuée dans la bibliothèque. Léa Bargane... Vous avez eu l'occasion de la rencontrer ?

Le professeur Hynkel laissa échapper un petit rire nerveux.

— Je ne vois pas comment j'aurais pu faire autrement. La discrétion, ce n'était pas leur première préoccupation. Elle l'attendait en bas au moins deux fois par semaine, et elle prenait ses aises...

— Elle attendait qui ? Vous voulez parler d'André Béraut...

Il se troubla et sa voix dérapa dans les aigus.

— Pas du tout. Béraut sait se tenir. C'est Pierre Floric qui s'affichait avec cette danseuse...

Gabriel leva l'index et le majeur de la main droite et fit se rejoindre plusieurs fois les deux doigts.

— Selon des bruits qui courent dans les milieux de l'enquête, il semblerait que Léa Bargane et André Béraut n'étaient pas indifférents l'un à l'autre...

Il accusa le coup.

— C'est possible. Tout est possible ! Vous êtes ici dans un laboratoire d'histoire, monsieur Yung, et nous n'avons pas vocation à effectuer des enquêtes de bonnes mœurs sur nos collaborateurs. Ils dirigent leur vie privée de la manière qui leur plaît. Nous leur demandons simplement de respecter les usages, de ne pas faire porter les regards suspicieux sur l'institution. Je suis assez clair ?

Le Poulpe fit semblant de battre en retraite pour mieux ajuster sa pique.

— Rassurez-vous, je ne cherche pas à attaquer le Centre d'études historiques rhône-alpin, ni l'honorabilité de son personnel… J'aurais une dernière requête à vous présenter… Est-ce que je pourrais consulter le travail de votre ancien élève à propos de la surdétermination historique ?

Hubert Hynkel serra les mâchoires. Les mots sifflèrent entre ses dents.

— Je crains que ce ne soit pas possible… Nous avions confié notre unique exemplaire à la bibliothèque interuniversitaire. Voyez directement avec monsieur Béraut. Il en a peut-être conservé un double…

Il s'était levé pour traverser la pièce et ouvrir la porte. Quand le Poulpe passa devant lui, le président du Centre Gabriel-Roux fit comme s'il se souvenait soudain d'une information importante.

— J'ai téléphoné au journal *Le Monde*, après votre première visite. Personne n'a jamais entendu parler d'un journaliste du nom de Pierre Yung. J'ignore qui vous êtes et quelles idées vous avez derrière la tête, mais si vous remettez les pieds ici, j'appelle la police.

Gabriel prit un demi au zinc de La Pipe, le café-tabac qui faisait face au musée, puis il se perdit dans le quartier de la Guillotière qui restait toujours marqué par son passé de terre d'accueil des prolétaires rugueux. Les visages des passants semblaient encore habités par le désespoir de leurs ancêtres qui peuplaient les cristalleries, les usines chimiques, les fabriques de tuiles, les ateliers des chaudronneries, qui dormaient sur la paille souillée des écuries. Sur un mur de la rue Edison, une plaque fêlée rappelait qu'en mai 1897, à cet endroit alors dévolu au cabaret des Folies Gauloises, Louise Michel avait proclamé : *« Le vieux monde doit disparaître, déjà il s'en va. C'est un monde nouveau qui monte à la place d'un monde raccommodé. »* Il se fit la réflexion que le futur n'avait malheureusement pas donné raison au présent généreux qu'elle avait utilisé. C'est un peu plus loin, en croisant un couple qui jouait à se lancer des boules de neige, sous les cris de joie de leur fille trisomique, que le rapprochement s'opéra dans son esprit entre la couverture d'un document aperçu chez Léa, et la fiche du diplôme à jamais disparu d'André Béraut. Il revoyait maintenant le titre du mémoire, au fond de la malle entreposée chez la danseuse assassinée, et dans laquelle il fouillait juste avant que les deux motards casqués ne lui tombent dessus : *« L'Homme cet inconnu : les effets d'une surdétermination historique »*... Contrairement à ce que prétendait Hubert Hynkel, ce travail universitaire n'avait pas été détruit dans l'incendie, puisque un an plus tôt Pierre Floric l'avait emprunté, en même temps que des thèses concernant le mouvement ouvrier lyonnais ou l'Afrique. Il s'installa dans une cabine et essaya ses cartes magiques. Le lecteur de puces de France Télécom se laissa séduire par la troisième.

— Allô, Pedro ? C'est Gabriel… Je ne te dérange pas ?

— Pas du tout ! Tes appels sont des bénédictions… Ne t'affole pas, je m'explique. Après ta demande de renseignements sur le Chiapas, je me suis baladé sur Internet pour dénombrer tous les sites s'intéressant aux mouches. Il y en a des centaines. J'en ai dégoté un, au Vatican, qui publie toutes les plaidoiries des tribunaux ecclésiastiques dans les procès intentés contre les mouches, au Moyen Âge…

— Ils ont fait comparaître des insectes ?

— Bien sûr, tous les animaux de la Création y sont passés… Elles, elles étaient accusées de transmettre des maladies, de porter malheur, alors le tribunal désignait un avocat pour les défendre puisque c'étaient des créatures du Seigneur… Si le procureur requérait l'excommunication, on lui objectait qu'attaquer les mouches c'était s'en prendre à Dieu, ou que les mouches ne s'étaient pas présentées à la barre parce qu'elles étaient muettes. La procédure prenait des mois, voire des années. En fait les bestioles contre lesquelles on organisait tout ce tintouin étaient mortes naturellement bien avant la sentence. Tout le monde tombait alors d'accord en reconnaissant que Dieu avait fait justice plus sévèrement que les hommes…

Le Poulpe évita de réagir afin de ne pas le relancer sur sa nouvelle spécialité.

— Tu me mets tout ça de côté, je le lirai à mon

retour de Lyon. Je piste toujours l'archiviste qui a obtenu un diplôme d'études approfondies en présentant une étude intitulée : « *L'Homme cet inconnu : les effets d'une surdétermination historique* ». C'est aussi obscur que les sujets du bac, quand je les lis dans le journal... Avec des trucs comme ça, je rends une copie blanche à tous les coups... Toi, Pedro, qu'est-ce que ça t'inspire ?

Dans le silence qui suivit, il perçut le bruit caractéristique de la roulette du briquet, le grésillement de la boyard maïs.

— Il faut être vraiment tordu pour inventer un tel angle d'attaque... La formulation est très habile pour brouiller les cartes. *L'Homme, cet inconnu*, c'est le best-seller absolu d'Alexis Carrel, un médecin lyonnais. Il a obtenu le prix Nobel au début du siècle pour ses travaux sur la chirurgie. Une histoire de conservation de tissus humains. Des applications de ses observations ont, semble-t-il, permis de mettre au point des soins aux grands blessés pendant la guerre de quatorze. Il a publié son bouquin phare en 1935, et il préconisait l'utilisation des chambres à gaz pour les malades mentaux, les criminels, les déviants, un programme mis en œuvre à grande échelle par les nazis à partir de 1939. Quand le type titre sur la surdétermination historique, il sous-entend que Carrel n'est pas responsable d'événements qui se sont produits après la publication de son argumentaire scientifique, qu'on lit aujourd'hui cette œuvre à la lumière noire d'Auschwitz. L'association du savant au nazisme serait ainsi constitutive d'un *a priori* politique… En gros, le chercheur agirait en toute indépendance d'esprit, et sa vérité se situerait au-delà des contingences. De la foutaise ! Il faudrait lire le texte du diplôme dans son ensemble, mais le projet est clair. C'est la réhabilitation d'une ordure de première qui n'a jamais désavoué ses écrits alors que les chambres à gaz fonctionnaient à plein régime. Le Parti populaire français du nazi Jacques Doriot s'enorgueillissait de voir Carrel figurer en bonne place aux côtés de Drieu La Rochelle et de Georges Suarez dans son comité de soutien. En plus, dès 1941, le maréchal Pétain lui a concocté une belle Fondation à son nom, et richement dotée pour qu'il puisse ciseler ses concepts en toute tranquillité…

— Je ne suis pas sûr d'avoir saisi toutes les subtilités du tour de passe-passe de Béraut, mais je sais à quoi m'en tenir sur la ligne générale.

Gabriel s'extirpa de la cage de verre et traversa la place Guichard en direction du fleuve. Les véhicules de la voirie menaient une efficace offensive contre le général hiver. Les gyrophares des balayeuses, des sableuses, éclaboussaient les façades d'éclairs orangés tandis que des fantassins aux tenues bardées de bandes réfléchissantes pelletaient la neige, raclaient les plaques de verglas. Il n'y voyait pas beaucoup plus clair dans les péripéties entourant la mort volontaire de Pierre et l'assassinat de Léa. Ce dont il était convaincu, c'est que la densité de salauds qui les entouraient n'était pas pour rien dans leurs disparitions respectives. Il avala une mini-pizza aux anchois que le père Violla venait de sortir du four, et grimpa l'escalier en se suçant les doigts. Zill l'attendait sur le palier. Le sourire d'un gagnant au Loto, un soir de Saint-Valentin, lui barrait le visage.

— Tu ne vas pas me croire, Gabriel, mais je suis à peu près certain d'avoir identifié le numéro 279...

— C'est quoi ? Un jeu télé sur les séries culte...

— Arrête tes conneries ! Je te parle de notre numéro 279... Hôtel pour jeunes filles, Baby Love, Confidences d'une petite culotte... Les dindons cantonais décapités, les amas de barbaque aphrodisiaques... Installe-toi. Je t'ai sorti une Gueuze Demi-Lune... Tasse-toi dans le canapé, sirote, écoute. Le fax que j'ai reçu, en début d'après-midi, émanait d'un flic des Renseignements généraux qui se montre généreux avec moi question infos... Pour tout te dire, il est encarté au parti socialiste, et il me refourgue toutes les peaux de bananes assez onctueuses qu'il ramasse pour que je les glisse délicatement sous les écrase-merdes des locataires actuels de l'Hôtel de Ville. Celle qu'il m'a tendue tout à l'heure n'était pas de première fraîcheur. Une vraie pourriture... Tu te souviens du dernier meurtre à Miribel-Jonage, le bon père de famille des Terreaux étranglé avec son bas résille…

— Oui, la scène est assez marquante…

— Il était grossiste en viande. C'était ce que les grands bourgeois de Lyon désignent avec dédain sous le vocable de « parvenu », en oubliant de quelle manière leurs ancêtres ont amassé leur premier million… Pour essayer de franchir la frontière, faire partie du cénacle, il s'est présenté aux élections municipales, il y a une vingtaine d'années. Élu au centre, il a discrètement démissionné du Conseil trois mois plus tard.

Le Poulpe décapsula la gueuze.

— Tu commences à m'intéresser… Je sens que tu connais la raison de ce départ précipité…

— Un dossier était arrivé sur le bureau du maire de l'époque. Le boucher avait été arrêté pour exhibitionnisme et zoophilie, des années auparavant dans les abattoirs de Gerland qui étaient à l'époque abrités dans la halle Tony-Garnier ! Bien que l'affaire ait été classée sans suite, il existait un rapport d'audition dans lequel il se justifiait en expliquant qu'il avait été élevé à la campagne, et que ces pratiques y étaient courantes, qu'en plus il ne faisait pas de mal aux animaux puisqu'ils étaient déjà morts…

Gabriel effaça le dégoût qui lui titillait les papilles à l'aide d'une longue rasade de bière.

— J'espère que tu n'as rien dit à ta mouche des RG…

— Au contraire. C'est moi qui l'ai obligé à

parler. J'ai fait semblant de ne pas être accroché par son histoire de boucher en chambre froide, pour qu'il vide tout son sac. J'alignais les arguments : *Le Sapeur* ne fait pas dans le graveleux, c'est de l'info périmée, on risque de blesser la famille... Il tenait tellement à ce que j'utilise son info, qu'il a fini par me lâcher qu'en plus du bas résille autour du cou, le mort portait un pansement à la main droite. Il avait les phalanges brûlées au deuxième degré, et les lésions dataient de moins d'une semaine... Il ne doit pas y avoir qu'un amateur de viande fraîche sur Lyon, mais, à ma connaissance, c'est le seul qui se soit passé la main au gril au moment où des assassins allumaient leur barbecue avec les incunables du quai Claude-Bernard !

Chapitre 20
Le Kiki

Le Poulpe prit un taxi qui le déposa devant l'immeuble de la rédaction du *Progrès*, à Chassieu, à une encablure de l'aéroport de Bron et des halls d'Eurexpo. Un employé l'installa dans une petite pièce et lui apporta les volumes reliés des éditions quotidiennes de 1978, 1979 et 1980 en lui faisant remarquer qu'une collection complète avait été donnée à la bibliothèque municipale.

— Si je l'avais su, je me serais épargné le voyage...

Gabriel constata que les pages spectacles figuraient traditionnellement dans la deuxième partie du journal et qu'un encadré «Les films à l'affiche», facilitait le choix des noctambules. Les vingt-trois œuvres aux noms évocateurs portés sur les quelques fiches volées par Capucine, étaient à l'affiche des cinq cinémas pornos situés intra-muros, mais un seul, Le Kiki, proche de la place de la République, les avait tous projetés au cours de ces trois années. Il se pencha vers le responsable des archives, en rapportant les reliures et se composa un air détaché.

— C'est pour un article historique sur les loisirs à Lyon... Vous savez où je pourrais trouver de la documentation sur Le Kiki ?

Le type posa sur lui un regard mouillé d'ironie. Il inspira en dilatant les narines.

— Le Kiki... Le Kiki... Des années que je n'avais plus entendu ce nom ! Votre papier va rappeler des souvenirs moites aux étudiants et aux troufions de l'époque... Le problème, c'est qu'il n'existe plus, il n'y a plus que le Pathé et l'Ambiance dans ce quartier...

— Tant pis, je vais essayer de me débrouiller autrement... Ils doivent avoir des archives, à la Chambre de commerce...

L'employé du *Progrès* éleva la voix alors qu'il se dirigeait vers la sortie.

— Attendez... Un de nos anciens correspondants écrivait des billets d'humeur sur les spectacles, les restaurants, les événements de la vie lyonnaise... C'est une véritable encyclopédie de la petite histoire des rues. Il n'est plus tout jeune, mais il a encore bon pied, bon œil... Il mange tous les soirs chez Mounier, le bouchon de la rue des Marronniers. Demandez Jean, du *Progrès*... D'ici une heure, il y sera pour l'apéro...

Le temps de traverser l'agglomération en sens inverse, Gabriel prit place à une table, alors que dans les millions de salles à manger hexagonales, les présentateurs en concurrence souhaitaient un même «bon appétit» tonitruant aux ménagères de moins de cinquante ans. Christiane, la patronne, fronça les sourcils quand il lui commanda une bière.

— Et qu'est-ce que vous prendrez à manger ?

— Une salade aux foies de volaille et un poulet à la crème... Vous pouvez me dire si Jean, un ancien du *Progrès*, est arrivé ?

— Vous tournez la tête sur votre droite... Il occupe la table d'à côté.

L'homme, robuste, attaquait des deux fers, fourchette et couteau, un redoutable tablier de sapeur. Il posa ses instruments et tendit la main à Gabriel.

— J'ai l'impression que vous voulez me voir, mais je n'ai pas l'honneur de vous connaître. Jean du *Progrès*, ça fait un peu Monsieur de... Jean, c'est bien suffisant.

— Gabriel Lecouvreur. À Chassieu, on m'a

conseillé de m'adresser à vous… Je suis parisien et en ce moment, pour gagner ma vie, j'écris un petit bouquin sur l'âge d'or du cinéma érotique en France…

— C'est très gratifiant pour un homme parvenu à un âge canonique comme le mien qu'on se souvienne de ses mérites… Je peux être sincère avec vous ?

Le Poulpe dodelina du chef.

— Ils sont allés un peu vite en besogne : ma spécialité, c'était la table et je n'en sortais jamais en assez bon état pour faire des merveilles dans la chambre à coucher ! Boire ou séduire, il faut choisir…

— Rassurez-vous, je ne suis pas à la recherche de témoignages personnels. J'établis des sortes de fiches techniques sur les principaux lieux, et à Lyon, le choix s'est porté sur un cinéma, Le Kiki, il était près de la place de la République…

— Je l'ai fréquenté pendant des décennies… Avant d'être en permanence ce que Canal + n'est qu'une fois par mois, c'était une salle de cinéma de quartier tout ce qu'il y a de plus normal. J'y ai vu *Le Voleur de bicyclette, Spartacus, Les Vikings, Michel Strogoff, West Side Story*… Après, avec la télé, ça s'est mis à vivoter. Ils ne projetaient plus que des kung-fu du style « J'irai verser du nuoc-mâm sur tes tripes », des westerns spaghettis du genre « Si tu me coupes la main droite, j'apprendrai à tirer de la gauche et je te tuerai »… Le coup de grâce est venu du dernier repreneur, Béraut, quand il a mis à l'affiche « L'arrière-train sifflera trois fois ». Là, c'était cuit. Définitivement.

Le Poulpe laissa retomber ses couverts près de la carcasse du poulet à la crème.

— Béraut… Vous avez dit Béraut ?

— Oui, mon cher monsieur, j'ai dit Béraut. C'est comme ça qu'il s'appelait. Gérard Béraut. Un très sale type comme cette vieille ville, pourtant charmante, en nourrit dans son sein généreux. La caricature du Français moyen, béret vissé sur la tête et baguette coincée sous l'aisselle. Toujours en train de ronchonner, de se plaindre, de vitupérer, d'en appeler à un sursaut moral, lui qui gagnait sa vie en soulevant le carré blanc des culottes de petites filles. En plus, quand, comme moi, on savait d'où il venait…

— Le porno, c'est souvent le fric de la Mafia…

Monsieur Jean se fit méprisant.

— La Mafia ! Mais ce n'est qu'une organisation de laborieux artisans. Elle a quelques milliers de morts au compteur de l'histoire. Lui, il venait d'une communauté où cela se chiffre par millions. Ce Gérard Béraut faisait partie des supplétifs de la gestapo française, l'équipe de Gueule Tordue, qui opérait à l'ancienne École de santé militaire, avenue Berthelot. Un troisième couteau qui a réussi à sauver sa peau. Il n'était pas dans le box des accusés du procès de janvier 1946 où neuf de ses chefs ont été

condamnés à mort puis exécutés. Il a discrètement écopé de cinq ans d'indignité nationale.
Tout a été effacé par les amnisties, dans les
années cinquante, et comme des milliers d'autres
il s'est reconverti en silence.

Gabriel sauça son assiette et assécha son
verre.

— Je crois bien que je vais m'abstenir de
parler du Kiki… Vous en connaissez un autre, de
ciné porno ? Plus digne, je veux dire…

— Oui, il y avait son ennemi mortel, Le
Coucou…

Chapitre 21
Le mot mémoire

Le Poulpe rejoignit Zill chez son imprimeur,
près de la faculté catholique de Bellecour, où il
surveillait la sortie du numéro 460 du *Sapeur
sans tablier*.

— Salut Gabriel. C'est presque terminé. Après,
tu me donnes un coup de main pour la mise sous
pli…

— Désolé, il y a beaucoup plus urgent… Je
viens d'apprendre que quelqu'un de la famille
d'André Béraut, Gérard, avait racheté Le Kiki,
il y a vingt-cinq ans, et que ce mec faisait partie
de la bande à Gueule Tordue. Il aurait été légèrement sanctionné à la Libération puis relooké

par les amnisties… À mon avis, c'est lui l'auteur des fiches qui sont stockées chez l'archiviste du Centre Gabriel-Roux… Avec Gueule Tordue, on se rapproche de Jean Moulin et des locaux du Centre Gabriel-Roux. Il faut absolument qu'on arrive à les consulter et à savoir à qui elles correspondent. Toutes.

Zill se prit la tête à deux mains.

— Tu as une idée de ce que ça veut dire, toute cette histoire de dingue ?

— C'est pourtant clair ! Un pote qui se suicide dans la maison du docteur Dugoujon, une bibliothèque qui brûle, un boucher amoureux de ses steaks qui se fait buter en bas résille, les clients d'un ciné porno fichés par un ancien gestapiste dont un proche, après avoir châtré des mouches encagoulées au Chiapas, travaille dans les caves où Jean Moulin a été torturé, des hommes-léopards vigiles d'une boîte échangiste gardée par un lynx incontinent… Ce doit être ça que vous appelez une lyonnaiserie… Écoute, pour le moment il ne faut pas chercher à comprendre, et se contenter de mettre à profit les quelques longueurs d'avance que nous avons sur eux… On doit absolument visiter la maison de Béraut, on n'a pas d'autre alternative. Tu disposes d'une bagnole ?

— Qu'est-ce que j'en ferais, je n'ai pas le permis…

— On ne va pas en louer une pour faire un casse. Tu n'aurais pas dans tes relations un pote assez sûr et surtout assez discret pour nous servir de chauffeur cette nuit ?

— Si. Dis-moi à quelle heure tu veux qu'il passe nous prendre avec sa Rolls…

— Onze heures. Qu'il nous attende sur la place Jules-Guesde, en face du Café des Anciennes Gloires…

Ils effectuèrent un peu de mise sous bandeau du *Sapeur* avant de débarquer chez Capucine à qui Gabriel brossa un rapide tableau de la situation. Après qu'il lui eut répété pour la troisième fois qu'André Béraut était, selon toute vraisemblance, à l'origine des meurtres de Léa Bargane et du boucher, elle accepta de les aider. Il lui faisait répéter son rôle quand des coups de klaxon retentirent dans la rue. Le Poulpe souleva le rideau. Des appels de phares lui répondirent.

— Il doit y avoir un malade dans le quartier, c'est une ambulance…

Zill le rejoignit à la fenêtre.

— Non, c'est pour nous… C'est la bagnole d'Alain, il est kiné…

Ils descendirent les escaliers.

— Question discrétion, ça commence fort… Dis-lui qu'on n'est pas pressés, que ce n'est pas la peine de brancher le gyrophare et la sirène ! C'est son nom et son adresse, sur la carrosserie ?

— Oui, tu as raison, j'aurais dû le prévenir qu'on partait en opération spéciale… Maintenant, c'est trop tard. Il se garera à l'écart, c'est tout...

Le kiné de Vioux était un gaillard barbu, presque aussi grand que le Poulpe et tout aussi encombré que lui de ses bras. Passionné de romans noirs, il n'en revenait pas de se trouver embarqué dans une des histoires qu'il avait seulement l'habitude de lire. Il quitta l'autoroute pour la voie rapide et sortit près du centre commercial, par l'échangeur de la route de Vourles. Il roulait doucement pour ne pas se laisser surprendre par les nombreuses plaques de verglas, en sortie de virages.

— Je connais bien le secteur, je fais des vacations à l'hôpital Henry-Gabrielle.

Dès qu'ils eurent dépassé le vieux village de Saint-Genis-Laval, il poursuivit sur les hauteurs, vers Le Pressin. André Béraut habitait un gros pavillon entouré d'un petit parc, à quelques centaines de mètres du cimetière. Ils vinrent se garer devant l'entrée où une plaque rappelait que le 20 août 1944, à deux pas de là, au fort de Côte-Lorette, cent vingt résistants extraits de Montluc furent mitraillés, grenadés puis leurs corps brûlés par les nazis. Le Poulpe, qui se tenait à l'avant, se tourna vers Capucine.

— À toi de jouer, ma belle... Tu n'as pas oublié ton portable ?

Elle le prit dans son sac, les mains tremblantes.

— Non, j'ai vérifié au moins dix fois qu'il était

là, pendant la balade... Tu sais, j'ai un de ces tracs... Tu n'aurais pas un peu de ta mixture pour me donner du courage ?

— Demande directement au fabricant, il est à côté de toi...

Zill lui refila une gélule. Des amphétamines qu'il prenait uniquement les soirs de bouclage, pour garder les yeux ouverts sur son ordinateur.

Elle la décortiqua de son blister, puis composa le numéro de Béraut. Il décrocha presque aussitôt. Elle baissa la voix.

— Allô, André ? C'est Capucine... Oui, je sais que c'est pas souvent... Il faut que ce soit sérieux... Je ne pourrai pas te parler longtemps, je suis dans mes cabinets... Attends, je t'explique... Tu sais le type de Paris qui fourre son nez partout... Oui, eh bien, il est chez moi et je n'arrive pas à m'en dépatouiller... Il est au courant pour le boucher et pour Léa... Il n'arrête pas de me poser des questions sur un ciné porno... Mais non, je ne lui ai rien dit... Qu'est-ce que tu veux que je lui dise, d'abord ? Je te promets... D'ailleurs, je n'y comprends rien... Non, ne viens pas... N'importe comment, on va partir. On sera à La Jungle dans une heure. Préviens Francis... Je te laisse, il faut que j'y aille... Il va se demander ce que je fous... À tout de suite...

Elle coupa la communication et poussa un soupir de soulagement.

— Je ne croyais pas y arriver...

— Tu as été parfaite. Le tout, maintenant, c'est qu'il morde à l'hameçon.

Le Poulpe s'extirpa de l'ambulance et longea le mur jusqu'à la jonction de la rue de la Croix-Rouge et de la Croix-Louis. Il se dissimula derrière un arbre pour observer la façade du pavillon découpée par les barreaux de la grille. La lumière s'éteignit soudain aux fenêtres, plongeant le jardin dans l'obscurité. Le portail automatique s'ouvrit, un moteur se mit à vrombir et le faisceau d'aveuglants phares blancs balaya le carrefour.

Quand ses compagnons d'équipée le rejoignirent, Gabriel avait déjà échoué dans deux tentatives d'ouverture de la porte. Aucun des outils fournis par Pedro ne s'adaptait à la configuration de la serrure. Alain fit cliqueter la collection de clefs qui pendaient à sa ceinture.

— Les trois quarts de mes clients, ce sont des personnes âgées solitaires qui ne peuvent pas se déplacer et qui me confient un double de leur sésame… J'ai un exemplaire de tout ce qui se fait de plus sophistiqué dans la région lyonnaise et jusqu'à Saint-Étienne…

Il choisit soigneusement les passes les plus appropriés, et vint à bout du problème en une cinquantaine de secondes. Ils traversèrent le parc. L'accès à la maison ne présenta pas davantage de difficultés. Les pièces du rez-de-chaussée étaient consacrées à la vie courante, cuisine, salle à manger, salon, buanderie. Les choses sérieuses occupaient l'ensemble du premier étage ainsi que les combles. Zill tira les doubles-rideaux puis alluma la lumière. Tous les murs supportaient des bibliothèques chargées de livres, de revues, de liasses de documents photocopiés, de dossiers. Le Poulpe s'approcha d'un rayonnage. Il inclina la tête pour lire les titres, sur les tranches.

— Thies Christophersen, *Le mensonge d'Auschwitz*... Roger Garaudy, *Réponse au lynchage médiatique*, Enrique Aynat, *Les Protocoles d'Auschwitz sont-ils une source historique digne de foi*, Carlo Mattogno, *La solution finale, problèmes et polémiques*, Serge Thion, *Khmers Rouges !*, Collectif de l'Âge d'Homme, *Avec les Serbes*, Cemal Özkaya, *Document d'archives relatifs aux Arméniens et aux atrocités qu'ils ont commises dans l'histoire*... Ça ne sent pas très bon tout ça...

Alain avait ouvert une armoire vitrée.

— Et ce n'est pas fini. Il possède aussi une collection complète des publications de *La Vieille Taupe*, de *La Guerre Sociale*, du *Frondeur de Classe* et d'*Akribeïa*...

Capucine prit Gabriel par le bras.

— Les fiches dont j'ai fait des copies sont planquées dans sa chambre, au bout du couloir. Viens.

Les quatre cent vingt-huit cartons numérotés tenaient dans deux boîtes à chaussures de marque Méphisto, modèle country noir, taille 44. Le premier de la série avait été établi en mars 1975, le dernier en juin 1982, mais le Poulpe ne put mettre la main sur la moindre indication lui permettant de placer un nom en regard de chaque numéro. Zill, de son côté, venait de forcer la porte du bureau d'André Béraut. Ordinateurs, scanner, photocopieuse, imprimante laser, téléphone, télécopieur, appareil d'enregistrement des conversations, toute la gamme des matériels de dernière génération était alignée sur un impressionnant bureau courbe. Il mit l'ordinateur sous tension et commença à faire l'inventaire des centaines de dossiers placés en mémoire. Béraut avait constitué une véritable banque de données planétaire sur les publications des négateurs de tous poils, Arménie, Shoah, Cambodge, Rwanda, Bosnie et il assortissait chaque article critique d'une phrase d'encouragement :

— Nicholas Goodrick-Clarke : *Savitri Devi, la prêtresse d'Hitler.*

Il s'agit d'une étude universitaire prodigieuse sur un personnage ignoré de la culture souterraine néo-nazie. Des célébrations SS à celles du New Age, une biographie politiquement incorrecte à découvrir d'urgence.

— Les Amis de Saint-Loup : *Rencontres avec Saint-Loup.*

Ouvrage collectif indispensable sur cet auteur atypique et rebelle qui fut toujours étranger au cloaque contemporain. Un guide, un modèle, que célèbrent des plumes aussi exigeantes que Jean

Mabire, Goulven Pennaod, Bernard Lugan, Pierre Vial ou Savitri Devi.

Gabriel et Alain penchés au-dessus de ses épaules, Zill demeura un long moment à fouiller dans le fichier des correspondances e.mail du collaborateur du Centre Gabriel-Roux. Aucun site internet néo-nazi ne lui était étranger : aaargh, radio-islam, heretical press, poder blanco, nuevorden, whotaaan…

Il allait fermer le document quand Gabriel pointa le doigt sur l'écran.

— Ouvre celui-là…

Zill renâcla.

— C'est la même merde que les autres. J'ai envie de gerber… Pas toi ?

— Ouvre, je te dis… Le fichier est titré Méphisto, comme les boîtes dans lesquelles il a rangé toutes ses fiches… Dépêche-toi !

La première page afficha une photo couleur de la façade du Kiki, puis les autres feuillets déroulèrent la liste nominative alphabétique des 428 clients sélectionnés par Gérard Béraut, avec leur numéro d'ordre et les spécialités intimes dont ils étaient friands. Le professeur Hubert Hynkel portait le dossard 132, créé en avril 1976. Au Kiki, il avait successivement visionné *Les Mémoires de Léon*, maître-fesseur, *Goûts pervers*, *Indécences 1930*, et *Nées pour jouir*.

Les commentaires du gérant de la salle étaient assez succincts : « *Étant petit, la bonne qui était chargée de le garder, l'attachait au pied du lit de ses parents dans lequel elle recevait la visite de ses amants. Effrayé par ses menaces, il n'a jamais trouvé le courage de s'en ouvrir à son père, à sa mère. Recherche le plaisir sous le fouet. »*

Des notes de renvois détaillaient les services qui lui avaient été rendus par Gérard Béraut. Le patron du *Sapeur* énumérait les titres des personnalités présentes dans le bottin de Béraut. Il sursauta en lisant le nom d'un député, décédé depuis, et qui avait été de tous les combats pour l'ordre moral, puis de celui d'un ancien dirigeant régional du Service d'action civique, le marigot à barbouzes du régime gaulliste.

— Béraut tient tout Lyon par les couilles !

Le Poulpe lui tapota le bras.

— Je crois que nous avons ce que nous étions venus chercher. Tu peux nous faire une disquette ou un tirage papier ?

— Tu vis en décalage horaire, le Poulpe... Du papier en l'an 2000 ! Je vais agrafer les dossiers de ce salaud, et les balancer directement par courrier électronique sur mon Mac... Saptab@ lyon.com. Voilà, c'est pas plus compliqué que ça. Tout est déjà en route pour la maison...

— Copie-le quand même sur une disquette... Je n'ai pas confiance dans la magie. On vient pour un casse, on ne va pas repartir les mains vides...

Zill fit encore quelques manipulations sur le clavier, puis il mit l'ordinateur en veille.

— Il va falloir que tu t'y fasses, Gabriel. Tu

fais équipe avec un pionnier de la délinquance en col et en gants blancs...

Ils quittèrent le pavillon et franchirent le carrefour désert des rues en Croix. Parti en avance, Alain les attendait devant la plaque commémorative du cimetière de Saint-Genis-Laval, le moteur de son ambulance tournant au ralenti. Avant de monter dans la voiture, le Poulpe tendit la main à Zill.

— File la disquette...

— Je t'ai dit que je n'en faisais pas... C'est pas la peine...

— Qu'est-ce que tu as bricolé alors, avant de sortir ?

— J'ai programmé la destruction de ses documents, fichiers. À la place, un moteur de recherche va lui fournir les noms de tous les juifs massacrés par les nazis, ainsi que les photos numérisées que prenaient les bourreaux khmers rouges avant d'exécuter leurs prisonniers... Pour que le mot mémoire reprenne tout son sens. Jusque dans son ordinateur...

Chapitre 22

Mon élève préféré

Le kiné de Vioux était reparti vers quatre heures du matin, après une halte chez Zill où un film d'alu sur un plat en inox cachait assez de lasagnes pour quatre. Le Poulpe se doutait que Béraut, ne voyant pas venir Capucine à La Jungle, se précipiterait vers son appartement de la place Jules-Guesde. Il l'avait convaincue de dormir dans la chambre d'amis après que Zill lui eut préparé la valeur d'un demi-verre de pot lyonnais. Quand il fut seul avec le journaliste, il lui demanda d'ouvrir le fichier du Kiki.

— Je n'ai pas eu le cran, chez Béraut, de te demander de regarder à la lettre F comme Floric... Pierre avait laissé une lettre à sa femme dans laquelle il s'accusait de trahison. Jusqu'à cette minute, j'ai voulu penser qu'il parlait uniquement de son aventure avec Léa Bargane... C'est peut-être autre chose... On croit connaître les gens...

Zill afficha la photo du cinéma porno puis déroula la liste.

— Tu vois bien que ça a marché ! Pas de Floric ! Note bien que ça m'aurait étonné de lui, mais il faut vérifier toutes les pistes, les baliser, c'est le b.a. ba du métier. Qu'est-ce qu'on fait maintenant ? On balance les infos aux flics pour qu'ils terminent le boulot ?

— Tant que je n'ai pas compris pourquoi il est allé se pendre à Caluire avec *Premier Combat* de Jean Moulin dans sa poche, on ne laisse rien filtrer. Béraut n'a plus aucune carte à jouer, à part arroser ta façade à la kalachnikov. Pour le moment, et pour le moment seulement, c'est nous qui tenons la ville entre nos mains. Je vais prendre une douche, et après on se débrouille pour faire passer le message dans les salons lambrissés.

Des averses de neige fondue décourageaient de la marche à pied, et ils grimpèrent dans un taxi qui les déposa, en milieu de matinée, devant les grilles du Centre d'histoire de la résistance et de la déportation. Dès qu'elle identifia le faux journaliste du *Monde des Livres*, la secrétaire se précipita pour leur interdire l'accès à l'escalier, mais elle ne put opposer que ses cris à leur détermination. Le buste du professeur Hynkel apparut à la balustrade du quatrième niveau.

— Que se passe-t-il dans cette maison, madame Napolini ?

Son regard se posa sur le Poulpe.

— Je pensais vous avoir interdit de remettre les pieds ici. Je ne reçois pas les gens qui usurpent des titres officiels... Sortez ! J'appelle les vigiles...

Zill leva la tête vers le président du Centre Gabriel-Roux qui déjà pianotait sur son portable.

— Dites-leur qu'on va bien s'amuser. C'est formidable, il y a un magnétoscope ici... Nous allons pouvoir projeter des petits souvenirs du Kiki. Avec une pensée émue pour les Béraut... Gérard et André... On peut monter ?

Quand ils pénétrèrent dans le bureau, Hubert Hynkel avait perdu sa superbe. Recroquevillé dans son fauteuil, les mains agrippées aux accoudoirs, il ressemblait à un vieux gamin pris en faute qui attend de recevoir une fessée aussi méritée qu'inévitable.

Gabriel vint se placer devant lui.

— Vous n'êtes pas dans la chambre de vos parents, ni en face de la bonne et de son amant, alors vous allez tout nous dire, tout nous expliquer. Mon nom, c'est Gabriel Lecouvreur, et il y a vingt ans j'ai passé six mois de ma vie en forteresse en compagnie de Pierre Floric. Pour insubordination. En plus, il était né le même jour que moi, le 22 mars 1960, et il va me manquer le mois prochain pour souffler les bougies du gâteau… Je veux comprendre pour quelle raison mon jumeau s'est pendu chez le docteur Dugoujon, et je suis convaincu que vous y êtes pour quelque chose.

Le professeur Hynkel se mit à sangloter.

— Je ne voulais pas que ça en arrive à ces extrémités… Je ne voulais vraiment pas… De toute ma carrière, je n'ai jamais eu un aussi bon élève que Pierre… Il aurait dû me succéder, ici, au Centre…

Zill frappa du plat de la main sur le plateau du bureau.

— Vous ne croyez pas que c'est un peu indécent ? Vous avez tout fait pour le pousser à cette extrémité. On ne vous demande pas de vous lamenter sur votre sort, mais de nous raconter ce que vous avez fait pour acheter le silence des deux Béraut.

Il renifla et s'essuya le nez d'un revers de manche.

— Il y a près de trente ans maintenant, les premiers cinémas spéciaux se sont ouverts à Lyon. Ce n'était pas comme aujourd'hui, il n'y avait pas de films X sur les chaînes câblées. Le magnétoscope et les cassettes vidéo n'existaient pas. J'y suis allé une fois, comme on va au bordel, avec un chapeau à large bord sur la tête, un gros cache-col. J'ai pris l'habitude d'y retourner le soir, tard, quand les rues ne sont fréquentées que par des célibataires. J'allais voir certains types de films...

— Ceux qui n'étaient pas avares de scènes de fouet, d'entraves...

Il s'était totalement décomposé. En face d'eux il n'y avait plus qu'une loque.

— Oui... Le patron a remarqué ma présence, et il lui arrivait de me conseiller tel titre ou tel autre. Un jour, il m'a proposé les services d'une de ses amies qui est morte il y a une dizaine d'années, et que par dérision on surnommait Julie la Douce. C'est de cette manière qu'il m'a ferré...

— Qu'est-ce que Gérard Béraut vous a demandé en échange ?

— Si bizarre que cela puisse paraître, rien. Ou presque...

Gabriel s'assit sur le rebord du bureau.

— Et qu'est-ce que vous mettez dans le « presque » ?

174

— Il m'a seulement demandé de trouver une place à son fils, André...

Le Poulpe l'interrompit. Il écumait.

— C'est bien ce que je pensais. Espèce d'ordure... Le travail « historique » d'André Béraut, *L'Homme cet inconnu : les effets d'une surdétermination historique*, c'est du « presque » ! Vous avez la charge d'un lieu de mémoire où résonnent encore les cris des suppliciés, et vous validez un diplôme négationniste sous la pression d'un gérant de ciné porno qui officiait ici, il y a un demi-siècle, dans la bande de Gueule Tordue... Répétez que c'est du « presque » ! Pierre avait un exemplaire du DEA de Béraut. Je l'ai vu dans sa malle, avant qu'elle disparaisse. C'est ça qui lui a mis la puce à l'oreille. Mais pourquoi a-t-il réagi si tardivement ?

Hynkel se tassa encore davantage dans son fauteuil.

— Il s'est absenté du Centre pendant deux ans. Il travaillait sur des archives de l'époque coloniale, à Aix-en-Provence, au moment où cela s'est fait. Il est tombé dessus quelques mois avant sa mort... Il m'a fait une scène effroyable... Il exigeait le départ d'André Béraut, l'annulation du diplôme... C'était impossible... Je n'aurais jamais pu le justifier... À la disparition de son père, André a récupéré toutes les fiches accumulées pendant plus de dix ans. Son pouvoir est considérable. Il tient Blanchillon, le commissaire, des conseillers municipaux et même un député…

Zill leva les bras en signe d'évidence.

— Je comprends mieux certaines choses ! Le diplôme accéléré que vous avez offert à Béraut, c'est le seul ou il y en a d'autres du même type ?

La manière dont Hynkel piqua du nez vers ses talonnettes constitua la plus claire des réponses.

— Votre éthique, c'est du toc ! Vous n'avez jamais songé à voir Floric vous succéder. Tous vos efforts étaient tendus vers un seul objectif, verrouiller les lèvres de Béraut en allant au devant de ses moindres désirs.

Gabriel s'était approché de la fenêtre ; il regardait une file de collégiens, accompagnés de leurs enseignants, qui longeaient les bâtiments de l'ancien siège de la gestapo et se dirigeaient vers l'entrée du musée. La silhouette d'un homme, qui dépassait le pavillon des gardiens et marchait dans leur direction, attira son attention.

— Zill, on file tout de suite au sous-sol… Béraut est en train de traverser la cour… Il sera là dans une minute.

Ils s'engouffrèrent dans le monte-charge, fulminant contre sa lenteur pendant toute la descente, mais arrivèrent dans le couloir percé d'alvéoles quelques secondes avant l'archiviste. Masqués par un pilier, ils le laissèrent s'approcher de la porte métallique de son bureau, et profitèrent du moment où il introduisait la clef dans la serrure pour se jeter sur lui. Le combat fut bref. Les deux coups au foie que Zill lui porta, annihilèrent les tentatives de riposte de Béraut.

— Fouille-le pendant qu'il est groggy...

Le Poulpe promena ses mains sur les vêtements du type qui gisait sur le carrelage et exhuma un pistolet automatique de la poche intérieure de son manteau. Quand il reprit ses esprits, dix minutes plus tard, la gueule noire du Mauser, dans le poing de Zill, intima l'ordre à Béraut de se montrer raisonnable.

Chapitre 23

La pire lèpre de l'âme

Gabriel vint s'accroupir à distance respectable de l'archiviste.

— Le passé commence à éclairer l'étrangeté du présent, et nous comptons sur toi pour que la lumière soit totale. Tu as eu le temps de passer chez toi et de constater que tout ce qui faisait ta force avait disparu... Il ne te reste que la parole, et la parole sans preuves, ce n'est que du vent. J'ai compris une partie de ton système, et avec un peu de temps le reste apparaîtra... Pendant des années, ton père a apaisé son ressentiment d'épuré en dressant la liste de tous les notables qui fréquentaient son cinéma porno proche de la place de la République. Avec, j'imagine, une délectation perverse pour ceux qui affichaient des opinions antifascistes. Il les a approchés pour les mettre en relation avec des professionnels de tous genres, de tous sexes... Il avait ainsi constitué une véritable encyclopédie des secrets honteux de cette ville. Curieusement, il ne s'est servi de son pouvoir que pour te faire passer, en toute tranquillité, des diplômes, des concours, et je pense qu'à sa mort, le fait de savoir que son fils allait travailler dans ces caves, à l'endroit exact où il officiait sous les ordres de Gueule Tordue, devait lui procurer la plus grande des jouissances...

Béraut se redressa.

— Je vous interdis de parler de mon père. Il n'a fait que son devoir, et la justice l'a amnistié. Il ne s'est occupé que de terroristes, de communistes qui lançaient des bombes dans les rues contre des femmes et des enfants. Aucun gouvernement n'a jamais toléré ces exactions. Vous devriez le savoir.

Le Poulpe fit un effort pour ne pas répondre. Il continua son exposé, comme s'il n'avait pas entendu.

— Dès que tu as eu tous ces documents à ta seule disposition, tu as compris le bénéfice que tu pouvais en tirer, et le grand jeu a débuté...

— Oui, et je ne regrette rien de ce que j'ai fait. En moins de dix ans, ce sont plus de quarante véritables scientifiques de toutes disciplines qui ont pu obtenir des maîtrises, des DEA, des doctorats en bonne et due forme grâce aux jurys que j'ai constitués avec mon fichier. Il y en a dans toutes les facs de France, et vous ne pourrez rien prouver contre eux : tous les dossiers de soutenance de thèses étaient stockés à la bibliothèque interuniversitaire dont il ne reste que les murs !

— Oui, c'est pour cette raison que dans les amphithéâtres, endroits où la mémoire devrait être célébrée, on professe qu'il n'y a pas eu de génocide des Arméniens, que les chambres à gaz n'ont servi à gazer que des poux, que les Serbes ont un droit imprescriptible sur le Kosovo depuis la bataille du Champ des Merles, qu'au Rwanda il y a eu, tout au plus, quelques bavures interethniques, qu'on a largement surestimé le bilan de la «reprise en main» du Cambodge par les Khmers rouges... Pierre Floric était sur ta piste. Tu t'y es pris de quelle façon pour le coincer...

André Béraut glissa les doigts vers sa poche, provoquant une réaction de la part de Zill.

— Tiens-toi peinard, je suis déjà assez nerveux comme ça...

— Je ne suis pas suicidaire, moi... Je peux prendre ma pipe et mon tabac ?

Ils le laissèrent bourrer son fourneau.

— Il m'a tourné autour dès qu'il est revenu d'Aix. C'était un besogneux, un cheval de trait qui trace son sillon qu'il pleuve ou qu'il vente, que la terre soit meuble ou qu'elle soit pleine de caillasse...

Le Poulpe l'interrompit.

— Je souhaite à tous les historiens d'être aussi besogneux que lui et de s'intéresser à autant de choses à la fois...

— Ce que je veux dire, c'est qu'il faisait chier tout le monde avec ses grands airs, sa morale. Il a suffi que je lui envoie Léa entre les jambes...

— Elle a accepté sans rechigner ?

— Elle ne pouvait rien me refuser depuis qu'au cours d'une soirée un peu trop arrosée, dans son appartement de la rue des Capucins, elle avait tiré sur les flics. L'inspecteur chargé de l'enquête figurait sur mes listes, et grâce à mes arguments, il a fait plonger cette conne de Capucine pour huit mois fermes. Léa a emmené Floric un soir à La Jungle en Folie après avoir un peu bidouillé dans son verre. Il n'a rien compris à ce qui lui arrivait. On pensait qu'avec les photos que Francis avait prises cette nuit-là, il se tiendrait tranquille. On voulait s'en tenir là. Mais quand il a réalisé que Léa continuait à faire équipe avec moi, qu'elle m'avait aidé à convaincre certains membres des jurys universitaires, il a craqué. Il ne supportait pas de s'être fait manipuler jusque dans ses sentiments. Personne ne souhaitait sa mort. On ne pouvait pas savoir qu'il était aussi sensible...

La moue de mépris de Béraut fit blanchir le

180

doigt de Zill sur la détente. Le Poulpe fit un écart pour se placer dans la ligne de mire.

— Je le connaissais bien, on a fait six mois de forteresse ensemble, et c'était tout sauf un gars fragile. Vous l'avez fait tomber dans un piège et vous y avez mis le paquet parce qu'il menaçait tout votre système. Il a perdu ce qu'il mettait plus haut encore que l'amour pour sa femme, pour son fils...

Béraut tira sur sa pipe.

— Je ne vois pas de quoi vous parlez...

— D'un mot dont tu ignoreras la signification à tout jamais : l'éthique. On peut mourir pour ça...

Zill, son flingue toujours braqué, contourna le Poulpe.

— C'est toi qui as donné l'ordre de mettre le feu à la bibliothèque ?

— Je ne suis pas débile. Il n'y a jamais eu de directive de cette sorte. Des associations communistes comme Sos Racisme, le Mrap, Ras l'Front, commençaient sérieusement à faire courir des bruits sur certains de mes protégés. À cause de leurs campagnes de dénigrement, l'Institut d'études indo-européennes a été obligé de s'auto-dissoudre. J'ai simplement demandé à une vieille connaissance de mon père, un grossiste en boucherie qui disposait d'une camionnette d'aller vider les rayonnages de tous les travaux de mes amis, pour les mettre à l'abri. Les services de surveillance étaient presque inexistants. Je n'étais pas sur place, mais d'après ce que je peux déduire des événements, il a jugé plus efficace de provoquer un incendie pour nettoyer les thèses.

— Et Léa, c'est toi aussi qui l'as envoyée là-bas ?

Il remua la tête. Des larmes embuèrent son regard, et il fut presque humain, une fraction de seconde.

— On avait trop de souvenirs en commun pour que je lui fasse ça. Je pense qu'elle était venue refaire sa réserve de manuscrits, pour ses lampes, et que le boucher l'a tuée en se croyant découvert par un témoin.

— Et tu l'as fait exécuter à son tour dans le parc de Miribel-Jonage…

Béraut téta le tuyau de sa pipe pour relancer la combustion.

— C'est une affirmation totalement gratuite et diffamatoire. Je n'ai tué personne dans cette histoire. Floric s'est suicidé, le boucher a provoqué l'incendie du dôme, puis il a assassiné Léa avant d'être la victime d'un serial killer qui n'en est pas à son coup d'essai, si j'en crois les journaux… Regardez les choses en face. D'accord, j'ai pratiqué le chantage pour favoriser mes desseins et ceux de quelques amis. Vous croyez vraiment que l'establishment lyonnais se fera hara-kiri pour de pareilles broutilles ? Vous rêvez ! Ce sont tous des larves, et ce cher professeur Hynkel en est le modèle le plus achevé. Réfléchissez à tout ce qu'il a accepté de faire en échange de trois coups de fouet ! Quand les élites en sont là, c'est que notre heure est arrivée…

Pendant qu'il parlait, la machinerie de l'ascenseur s'était remise en marche.

— C'est pourtant lui qui vous a fait…

Béraut s'était dressé et toisait ses deux adversaires.

— Vous racontez n'importe quoi ! Qui commande ici ? Qui est le chef ? Hubert Hynkel ? Laissez-moi rire…

La porte du monte-charge s'ouvrit, laissant le passage au président du Centre Gabriel-Roux qui tenait lui aussi une arme dans son poing. Béraut l'exhorta à s'en servir.

— Tirez bon dieu, mais tirez sur ces salauds ! Qu'est-ce que vous attendez !

Ce furent ses derniers mots. Les six balles du chargeur lui arrachèrent la moitié du visage, une partie de l'épaule et deux doigts quand, dans un pitoyable réflexe de survie, il dressa le bras.

Épilogue

Le professeur Hynkel occupa dès le soir une chambre étroitement surveillée de l'hôpital du Vinatier. Au cours des semaines qui suivirent la mort d'André Béraut, si la presse fut assez discrète sur les événements survenus à Lyon, un observateur attentif aurait pu s'étonner des mises à la retraite ou des démissions feutrées qui, de Brest à Toulouse, touchaient presque toutes les universités françaises.

À la tombée de la nuit, le 22 mars 2000, Gabriel bifurqua au coin de la rue Godefroy-Cavaignac où une galerie-restaurant avait remplacé le tourneur de pieds de tables breton. Les trottoirs de l'avenue Ledru-Rollin étaient envahis des deux côtés par des voitures aux immatriculations provinciales, et quand il poussa la porte du Pied de Porc, ce fut une ovation. Il se jeta dans les bras de Cheryl, tendit la main à Pedro, à Zill, à Gérard, à Vlad, serra Maria contre sa poitrine… Et même si à cet instant il pensait à la cohorte de ceux qui lui manqueraient à tout jamais, c'est avec bonheur qu'il reconnut la petite écuyère cafteuse, le carreleur en arrêt de travail, le travelo désirable, le gâteux qui s'était fait la cerise, la dame prenant son pied avec ses clebs, le coq en plâtre sifflant un café Legal, pour le goût, le gone de Chicago, les damnés de l'artère, les potes de la perception, le motard dijonnais, Loulou sans foie ni loi, la belge et sa bête, Angélo le réparateur de congélos, le mec aux quantiques, même Perek était venu accompagné du killerman manchot tenant en laisse le chien des bas serviles, le petit vieux à l'aorte sauvage flanqué du docteur J'abuse, le jarnaqueur mélomane (l'opus à l'oreille), le nain seul sans ses proches, la dingue aux marrons et la bête au bois dormant, la petite marchande de doses qui avait pris le nord aux dents, milo le fox-terrier de feue madame serbie, Don qui shoote, l'aztèque d'Hazebrouck qui les tanna tous, macadam cobaye s'engueulant avec l'arthritique à propos de Cripure sous le regard goguenard des teutons flingueurs bâillonnés. Et quand, dans le brouhaha, on entendit sonner les cloches de Notre-Dame-d'Espérance, la voix d'Antoine s'éleva pour poser la question rituelle.

— Parkinson le glas ?

La Roque Alric-Aubervilliers,
été 1999.

Tout un dossier est consacré au négationnisme dans les
universités lyonnaises sur : www.amnistia.net.

DU MÊME AUTEUR

Aux Éditions Gallimard

Dans la collection Blanche

CAMARADES DE CLASSE, 2008, Folio n° 4982.

ITINÉRAIRE D'UN SALAUD ORDINAIRE, 2006, Folio n° 4603.

RACONTEUR D'HISTOIRES, *nouvelles*, Folio n° 4112.

Dans la collection Série Noire

MEURTRES POUR MÉMOIRE, n° 1945, Folio Policier n° 15. Grand Prix de littérature policière 1984 — prix Paul Vaillant-Couturier 1984.

LE GÉANT INACHEVÉ, n° 1956, Folio Policier, n° 71. Prix 813 du roman noir 1983.

LE DER DES DERS, n° 1986, Folio Policier n° 59.

MÉTROPOLICE, n° 2009, Folio n° 2971 et Folio Policier n° 86.

LE BOURREAU ET SON DOUBLE, n° 2061, Folio Policier n° 42.

LUMIÈRE NOIRE, n° 2109, Folio Policier n° 65.

12, RUE MECKERT, n° 2621, Folio Policier n° 299.

JE TUE IL..., n° 2694, Folio Policier n° 403.

Dans la collection Folio 2 €

PETIT ÉLOGE DES FAITS DIVERS, n° 4788.

Dans la collection Page Blanche et *Frontières*

À LOUER SANS COMMISSION.

LA COULEUR DU NOIR.

Dans la collection La Bibliothèque Gallimard

TROIS NOUVELLES NOIRES, avec Chantal Pelletier et Jean-Bernard Pouy. *Dossier pédagogique de Françoise Spiess,* n° 194.

MEURTRES POUR MÉMOIRE, *dossier pédagogique de Marianne Genzling,* nº 35.

Aux Éditions Denoël

LA MORT N'OUBLIE PERSONNE, Folio Policier nº 60.

LE FACTEUR FATAL, Folio Policier nº 85. Prix Populiste 1992.

ZAPPING, Folio nº 2558. Prix Louis-Guilloux 1993.

EN MARGE, Folio nº 2765.

UN CHÂTEAU EN BOHÊME, Folio Policier nº 84.

MORT AU PREMIER TOUR, Folio Policier nº 34.

PASSAGES D'ENFER, Folio nº 3350.

Aux Éditions Manya

PLAY-BACK, Folio Policier nº 131. Prix Mystère de la Critique 1986.

Aux Éditions Verdier

AUTRES LIEUX, Folio nº 4222.

MAIN COURANTE, Folio nº 4222.

LES FIGURANTS, Folio nº 5024.

LE GOÛT DE LA VÉRITÉ.

CANNIBALE, Folio nº 3290.

LA REPENTIE, Folio Policier nº 203.

LE DERNIER GUÉRILLERO, Folio nº 4287.

LA MORT EN DÉDICACE, Folio nº 4828.

LE RETOUR D'ATAÏ, Folio nº 4329.

CITÉS PERDUES.

HISTOIRE ET FAUX-SEMBLANTS.

Aux Éditions Julliard

HORS LIMITES, Folio nº 3205.

Aux Éditions Baleine

NAZIS DANS LE MÉTRO, Folio Policier n° 446.
ÉTHIQUE EN TOC, Folio Policier n° 586.
LA ROUTE DU ROM, Folio Policier n° 375.

Aux Éditions Hoebecke

À NOUS LA VIE !, *photographies de Willy Ronis.*
BELLEVILLE-MÉNILMONTANT, *photographies de Willy Ronis.*

Aux Éditions Parole d'Aube

ÉCRIRE EN CONTRE, *entretiens.*

Aux Éditions Éden

LES CORPS RÂLENT, Librio n° 704.
LES SORCIERS DE LA BESSÈDE, Librio n° 704.
CEINTURE ROUGE.

Aux Éditions Syros

LA FÊTE DES MÈRES.
LE CHAT DE TIGALI.

Aux Éditions Flammarion

LA PAPILLONNE DE TOUTES LES COULEURS.

Aux Éditions Rue du Monde

MISSAK, L'ENFANT DE L'ENFANT DE L'AFFICHE ROUGE, *illustrations de Laurent Corvaisier.*
ENFANTS DES COLONIES : ANNÉES 1950, LA FRANCE COLONIALE, vol. 1, NOS ANCÊTRES LES PYGMÉES, *illustrations de Jacques Ferrandez.*
IL FAUT DÉSOBÉIR.

UN VIOLON DANS LA NUIT.
VIVE LA LIBERTÉ.
L'ENFANT DU ZOO.

Aux Éditions Casterman

LE DER DES DERS, *dessins de Jacques Tardi.*

Aux Éditions l'Association

VARLOT SOLDAT, *dessins de Jacques Tardi.*

Aux Éditions Bérénice

LA PAGE CORNÉE, *dessins de Mako.*

Aux Éditions Hors Collection

HORS LIMITES, *dessins d'Assaf Hanuka.*

Aux Éditions EP

CANNIBALE, *dessins d'Emmanuel Reuzé.*
CARTON JAUNE, *dessins d'Assaf Hanuka.*
LE TRAIN DES OUBLIÉS, *dessins de Mako.*
L'ORIGINE DU NOUVEAU MONDE, *dessins de Mako.*

Aux Éditions Liber Niger

CORVÉE DE BOIS, *dessins de Tignous.*

Aux Éditions Terre de Brume

LES BARAQUES DU GLOBE, *illustrations de Didier Collobert.*
LE CRIME DE SAINTE-ADRESSE, *photos de Cyrille Derouineau.*

Aux Éditions Nuit Myrtide

AIR CONDITIONNÉ, *dessins de Mako.*

Aux Éditions Syllepse-Mrap

IL N'Y A RIEN DE PLUS TERRIBLE QUE SON REGARD : le racisme vécu, les discriminations au quotidien, en coordination avec Emmanuelle le Chevalier.

Aux Éditions La Branche

ON ACHÈVE BIEN LES DISC-JOCKEYS.

Aux Éditions Imbroglio

LEVÉE D'ÉCROU, *dessins de Mako.*

Aux Éditions BD Music

DEBUSSY, *illustrations de Joe G. Pinelli.*

Aux Éditions de l'Atelier

L'AFFRANCHIE DU PÉRIPHÉRIQUE : SECRET DE BANLIEUE.

Aux Éditions Le Cherche Midi

DAENINCKX PAR DAENINCKX, *avec Thierry Maricourt.*
LA MÉMOIRE LONGUE, *textes et images, 1986-2008.*

Aux Éditions Actes Sud Junior

JEAN JAURÈS : NON À LA GUERRE.

Aux Éditions Perrin

MISSAK.

Aux Éditions Magnard

HISTOIRE ET FAUX-SEMBLANTS, nouvelles, présentation de Josiane Grinfas.

Composition Interligne
Impression Novoprint
le 2 mai 2010
Dépôt légal : mai 2010

ISBN 978-2-07-039680-1./Imprimé en Espagne

166686